真桐千秋
(まきり・ちあき)
「りんご飴、一緒に食べられて良かったわ」
#夏祭り

竜宮乙女
(たつみや・おとめ)

友人キャラの俺がモテまくるわけないだろ？ 4

世界一

OVERLAP

CONTENTS

友人キャラの俺がモテまくるわけないだろ？

YUJINCHARA NO ORE GA MOTEMAKURU WAKENAIDARO?

世界一

イラスト／長部トム

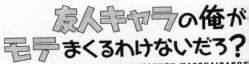

1. 友人キャラの俺が夏休みを楽しく過ごせるわけないだろ?

俺がこれまでの人生で過ごした夏休みは、いつだって最低なものだった——と、今回ばかりは珍しく、断言することが出来ない。

かつての俺にも、夏休みを共に過ごした友人がいた。

彼……いや、彼女と過ごした夏休みは、最低だと吐いて捨てた俺の人生の中で、最も輝かしい期間だったことに、間違いはないだろう。

あの夏が俺の人生の最盛期であり、これから先の夏、あの時のような楽しい時間を過ごすことは出来ないだろう。

そう思っていたのだが——。

今年の夏は、そんな俺の想像を簡単に超えてきた。

『ニセモノ』の恋人という関係性以上の信頼を築いた池冬華《いけとうか》。

かつての親友『ナツオ』としてではなく、俺に好意を抱いてくれる友人、葉咲夏奈《はさきかな》。

クラスメイトの朝倉善人《あさくらよしと》、慕ってくれる甲斐烈火《かいれっか》。

それから、完璧生徒会長、池春馬《はるま》をはじめ、生徒会役員の竜宮乙女《たつみやおとめ》、田中《たなか》先輩、鈴木《すずき》と共に、生徒会役員との合宿も経験した。

高校に進学してからできた友人との、楽しい夏休みを俺は過ごせている。

そして、いつだって俺に救いの手を差し伸べてくれた恩師・真桐《まきり》千秋《ちあき》先生。

凜《りん》として美しい真桐先生が、意外とポンコツで、可愛《かわい》らしい一面があったということを俺は知った。

もしも彼女に少しでも恩返しができていたのならば――素直に嬉《うれ》しく思う。

彼ら彼女らのおかげで、今年の夏は、ナツオと一緒に過ごした夏休みと同じくらい、充実した日々を送ることができていた。

☆

そして、夏休みも折り返しが過ぎていた。

これから先、友人と一緒に海に遊びに行き、夏祭りや花火大会に行ったり、イベントが目白押しだ。

少し前までの俺なら、

「友人キャラの俺が夏休みを楽しく過ごせるわけないだろ？」

と、ニヒルを気取ってこう言っていたことだろう。

そんなかつての俺に、今の俺からこの言葉を贈ろうと思う。

「よく考えたら友人キャラが夏休みを楽しむのは不思議ではないんじゃないか？」

2. ソロキャンプ

慌ただしかった真桐先生のお見合いの件も解決し、時間的な余裕が出来ていた俺は、夏休み半ばにして、既に課題を終えていた。

その結果――。

「暇だな……」

スマホでWEB漫画を読みながら、冷房の利いた部屋で俺はそう呟《つぶや》いた。

用事もないのに遊びに誘えるようなコミュニケーション能力がないというか、どう誘えば良いかというところから分からない俺は、暇つぶしをしながらお誘いを待ち続けているという、残念極まりない状態だった。

――ただ、暇とはいうものの、去年以前の夏を思い返せば、現時点で十二分に充実した日々を送っていた。

去年の夏は、たまに池に声をかけてもらい、数日遊びに行く程度だった。

中学時代は、言わずもがな。

だから、たかだか数日の間、暇を持て余すことなど何の苦でもなかった。

今日はこのまま無料WEB漫画を読み漁《あさ》り、後でジョギングでもするか、と過密なスケジュールを立てたところ、『コンコンコン』と扉がノックされた。

俺は立ちあがり、扉を開ける。目の前には、親父《おやじ》がいた。

親父が部屋に来るなんて、珍しいな……。そう思い、問いかける。

「親父、何か用か？」

俺の言葉に、「ああ、まぁな」と小さく呟いてから、

「暇そうにしてるな」

と問いかけてきた。

「……まぁな。そう言う親父は――ん？　そういえば今日は平日だけど、仕事は？」

夏休み中で曜日の感覚がＷＥＢ漫画の更新日頼りになっていてすぐには気づけなかったが、今日は平日。

立派な（はずの）社会人の親父が平日の午前中から自宅でのんびりとしているのは、どうしたことかと思っていると、

「今週は夏季休暇、つまりは夏休みだ」

と、無表情に言った。

「なるほど」

夏休みは学生だけの特権ではない。社会人にだって、まとまった休みがあるのだ。

俺が納得して呟くと、

「……勉強はどうだ？　夏休みの課題は出されているだろう？」

親父は、厳しい表情をして問いかけた。

暇をしているなら勉強くらいしたらどうだと、親らしいことを言いたいのかもしれない。

ほんの数日前まで、俺たちには会話もなかったのだ。だから、うっとうしいと思うよりも——親父から歩み寄る姿勢を見せてくれていることが、嬉しかった。

「出された課題なら終わっている。空いてる時間で、二学期の予習もぼちぼち始めてる」

俺の言葉に、親父は「うむ」と頷《うなず》いてから、鋭い眼光で俺を射抜いて告げた。

「勉強ばかりしていてはダメだ……っ！」

「マジで何が言いたいんだ？」

歩み寄ってきていたと思った親父に、突然突き放された俺は戸惑いが隠せない。

「優児《ゆうじ》、動きやすい服装に着替えてから、俺に声をかけろ。人生で何が大切なのかを、教えよう」

そう言い残し、親父は部屋を後にした。

個人的には人生で大切なことと言えば、コミュニケーション能力だと思っているが、今のやり取りを鑑みるに、親父に教えてもらうことはないのでは……？

と思いつつ、俺は素直に言われた通り、動きやすい恰好《かっこう》に着替えてから、親父に声をかけるのだった。

☆

親父の運転する車に乗って、一時間ほど。

運転中に目的地について問いかけても、頑《かたく》なに話そうとしなかった。

親父から聞き出すのを諦めて、俺は車の窓から外の景色を眺める。

普段見慣れた街並みはいつの間にか田舎染みた風景に変わっており、そこから更に山道を進んでいった。

「……着いたぞ」

親父はそう言って、車を駐車場に停《と》めて外に降りた。

俺もそれに続いて車を降りる。

「ここは……」

周囲を見渡し、どこに連れて来られたのか確認をする。

「キャンプ場か」

視界一杯に広がる緑、看板には【丸井キャンプ場】という文字。

確かに、親子の対話をするのにキャンプというのは悪くない選択だろう。親父なりの歩み寄りに俺が感動していると、

「最近、女子高生がキャンプに興じる漫画にハマってな……。久しぶりに来てみたくなった」

真剣な表情でき○ら系漫画を読んでいることをカミングアウトする親父を見て、感動して損した気分になった。

というか、親父と同じきら○系漫画を読んでいるのは、なんだか気恥ずかしいな……。

「ん、久しぶり？」

親父の言葉に、違和感を覚えて俺は問いかけた。

「昔はよく来ていたんだ」

「連れてきてもらった記憶はないんだが」

「お前が生まれてからは、仕事が忙しくてな……」

と言ってから、自嘲気味に親父が笑う。

「ああ、それなら随分と久しぶりなんだな」

得心した俺が親父に言うと、

「結婚する前に、母さんとよく来ていたんだがな……」

地雷を踏んでしまったようだった。

親父は肩を落とし、分かりやすく落ち込んだ様子でそう言った。

「と、とりあえず……受付を済まそう」

フォローの言葉も思い浮かばず、不自然でも話を変えることにした。

「ああ、そうだな。その前に、荷物を下ろすのを手伝ってくれるか」

「それなら、荷物は俺が下ろしておくから、親父は先に受付だけ済ませといてくれよ」

俺の言葉に、「そうか、頼む」と親父は応えて、受付に向かった。

俺は用意されていたカートをまず下ろし、そこに荷物を詰め込んだ。カートを引き、受付を済ませた親父と合流し、キャンプサイトへ向かう。

小さい子供連れの家族、大学生くらいの若い男女グループ、男女問わず静かなお一人様と、キャンプ場には色々な人たちがいた。

親父と同じように、仕事も休みで、都会の喧騒《けんそう》を離れ、夏休みは豊かな自然の中でゆっくりとしたいのだろう。

……ゆっくりするには、来場客が多くて面倒な気もするが。

「ちょうど良いスペースがあるな。よし、ここにテントを設営するか。手伝ってくれるか、優児？」

「おう」

親父の言葉に頷いてから、カートからテント等を引っ張り出す。

それから二人で協力してテントを組み立て、その後にテーブル、イスを設営した。

「よし、出来た。これでゆっくりできるな……」

そう言って椅子に座ると、親父は「お前はゆっくりしておけ」と言ってから、コンロと鉄鍋を取り出し、持ってきていたクーラーボックスの中を物色しだした。

「そういえば昼飯、まだだったな」

親父からの誘いが急だったため、俺は昼飯を食べていなかった。それは、親父も同じだったようだ。

親父はクーラーボックスから大き目のタッパーを一つ取り出し、コンロに火をつけ、鉄鍋を温める。

具材や包丁を取り出す様子がないことから、仕込みは既に済ませているようだ。

タッパーの中には……麺入りの卵かけごはんのようなものが入っていた。油を引いて温めた鉄鍋に、その卵かけごはんもどきを躊躇《ちゅうちょ》なくぶち込んだ。

そのまま鉄鍋を煽《あお》る様子を見て、何を作ろうとしているのかすぐに察した。

少し前に流行していた、カップ麺を使って作るチャーハンだった。

「家族に手料理を振舞うユーチューバーを見て、俺もお前に、手料理を食べてもらいたいなと、思っていてな」

親父はそう言ってから完成したチャーハンをとりわけ、俺の分を差し出した。

「親父……」

差し出された皿を受け取りつつ、俺は動揺をする。

かつてはバラエティ番組も『下らん』の一言で一蹴し、NHKのニュースと大河しか見なかった堅物の親父が、いつの間にかユーチューブや漫画などのエンタメ大好きおじさんになっていたことに……！

自身の離婚や、息子がグレたことにより、多大なストレスを受けていたのだろう。半分以上他人事《ひとごと》ではないため、申し訳なく思う。

その事実を噛《か》み締めながら、俺は親父の作ったチャーハンを口にした。

「どうだ、美味《うま》いか？」

「ああ……美味い」

俺は震える声でそう答えた。誰が作っても間違いのない味が、震えるほど美味かったわけではない。

実の父のエンタメ大好きおじさんっぷりに、動揺を隠せないだけだった。

「息子よ、なにもそこまで感動しなくても良いだろう……」

しかし親父は、優しい眼差《まなざ》しをこちらに向け、そう言った。

……俺の裏表ない気持ちを伝えると、妙な空気になることは不可避だと思われたため、俺は無言のまま食べ進めていった。

☆

ご飯を食べ終え、俺たちは向かい合って座っていた。

大自然の中、いざ親子の会話を試みようとした時に気づいた。

お互いに、何を話せばよいのか分からないことに――。

話題を探りつつ、共通の趣味である漫画の話になり、親父と二人でＷＥＢ漫画について話をし、互いに熱心に一押し漫画について語った。

ラブコメ漫画について語っている最中、なんだか気まずくなってしまったのは言うまでもないことだろう――。

親父も気恥ずかしくなったのか、無言で荷物からハンモックを取り出し、日差しの下で寝転んだ。

そして、あっという間にいびき声が聞こえてきた。どうやら眠ってしまったようだ。

普段の仕事の疲れも出ているのだろう。親父のことはそっとしておいて、俺は周囲を散策することにした。

☆

広いキャンプ場内には、豊かな木々の他に、穏やかな流れの川もあった。

照りつける日差し。夏の暑さを和らげようと、俺は目前の川に向かって歩く。

足だけでも水に浸《つ》かろうと、ズボンをひざ丈までまくってからスニーカーと靴下を脱いで川の水に足を浸けると——驚くほど冷たかった。

先ほどまで額にかいていた汗も、自然と引いていく。

空調の利いた部屋でゆっくり涼むのはもちろん素晴らしいが、こうした自然の中で涼を得るのも、同じくらい心地が良い。

そんな風に思っていたところ、突然声をかけられた。

「……え、友木《ともき》君？」

聞き覚えのある声に振り向くと、そこには——。

「真桐《まきり》先生……？　奇遇ですね」

普段と違う装いの真桐先生が、驚いたような表情を浮かべていた。

夏休み期間中とはいえ、数日前に俺は彼女の実家に顔を出していたので、久しぶりという感覚はなかった。

しかし、こんな場所で会うとは思っていなかったため、俺も真桐先生と同じように驚きを浮かべていたことだろう。

「そ、そうね。……奇遇ね」

真桐先生は髪形や服装を気にした様子を見せながら、そう答えた。

彼女は今、髪の毛はお団子結びにし、パーカーとショートパンツにレギンス、スニーカーを合わせたスポーツMIX……というか動きやすさに全振りした恰好《かっこう》だった。

素面《しらふ》の状態では生徒会合宿時のジャージ姿を除き、これまで見た中では最も気の抜けた服装だったので、少し恥ずかしいのかもしれない。

とはいっても、真桐先生はスタイルが良いので今の恰好もとても似合っているし、キャンプ場で活動することを考えると違和感もない。

「……ジロジロ見られると、恥ずかしいのだけど？」

恨めしそうに、真桐先生は言った。

「すみません」

確かに、不躾《ぶしつけ》に見すぎていた。

そう思い反省して頭を下げてから、当たり障りのない世間話を始める。

「真桐先生、今日は休みですか？」

「ええ、まとまった休みを取ったの」

親父《おやじ》と同じように、今日は夏休みということだろう。

「キャンプ場には、よく来てるんですか？」

「そうね、昔からというわけではないけど……自然の中で一人ゆっくりできるキャンプは性に合ってたみたいで、趣味なの」

そう答えてから、俺の足元を見て問いかける。

「川の水、気持ち良さそうね。冷たい？」

「冷たくて、気持ち良いですよ」

「そう。それなら、私も入るわ」

真桐先生はそう言って、スニーカーと靴下を脱ぎ、レギンスをまくっていく。

黒いレギンスの下から、日に焼けていない白い脚が見え……どうしてか、真桐先生と温泉でばったりと出くわしたことを、思い出してしまった。

頭を振って邪念を振り払い、これ以上余計なことを思い出さないようにと、俺はそっと視線を逸《そ》らした。

「確かに、とても気持ちが良いわね」

いつの間にか俺の隣に来ていた真桐先生が、こちらを覗《のぞ》き込みながらそう告げた。

なんだかいつもよりも子供っぽい表情を浮かべ、楽しそうに言う彼女は……可愛《かわい》らしく見えた。

「どうかしたかしら？」

「いえ、どうもしてないです」

俺は真桐先生の視線から逃げるように、顔を背けてそう答えた。

「そう」

俺の返答に、彼女は一言だけ呟《つぶや》いた。

「友木君も……今日は一人かしら？」

友木君も、ということは。真桐先生は一人で来ているのだろう。

「親父と来ています」

俺の言葉に、真桐先生は一瞬驚きを浮かべてから、柔らかく笑い、

「それは、良かったわね」

と一言告げた。

俺と親父の冷え切った関係が好転したのは、真桐先生のおかげだった。それを知っている彼女の一言には、色々な意味が込められていることだろう。

「……悪くはないですね」

俺の言葉に、真桐先生はやはり笑った。

「後で一言、挨拶に伺わせてもらうわ」

真桐先生の大人な対応の申し出に、俺は言う。

「休みの日ですし、そんなに気にしないでも良いんじゃないですか？」

「そういうわけにもいかないわ」

真桐先生の頑《かたく》なな言葉に、俺は思わず考えてしまう。

――あの親父は果たして、真桐先生に対して失礼を働かずにいられるだろうか、と。

☆

それから川を出て、濡《ぬ》れた足をタオルで拭いてから、スニーカーを履きなおす。

これから、未《いま》だ眠りこけているであろう親父のもとへ真桐先生を案内するのだ。

「お父さんは、キャンプにはよく来るのかしら？」

「俺が生まれる前はよくキャンプをしていたらしいです。つまり……離婚したお袋と一緒に」

俺の言葉に、真桐先生は「ごめんなさい」と呟いてから、

「お父さんの前では、この話題は避けるわ」

と、視線を逸らしながら言った。

「気を使わせてすみません……」

俺が一言謝ってすぐに、ハンモックに横たわり、眠りこけている親父が視界に入った。

「まだ眠っているみたいね。ここで待たせてもらってもいいかしら？」

「叩《たた》き起こしましょうか？」

「疲れているのでしょうから、そのままにしてあげて？　それに……友木君と話をしながら待てば、時間も気にならないわ」

真桐先生は微笑《ほほえ》みを浮かべてそう言った。真直《まっす》ぐに向けられる視線と、無意識の（だろう）彼女の言葉に、俺は狼狽《ろうばい》する。

先ほどから感じているが、なんだか今日の真桐先生はこれまで以上に表情が柔らかく、可愛らしい。

休みの日だから、リラックスしているのだろうか？

俺の方は、逆に緊張してしまいそうだ……。そう思っていると、

「ん、うーん……どうした、優児《ゆうじ》？」

ハンモックから、親父が伸びをしつつ起き上がった。

俺と真桐先生の話し声が聞こえて起きたのだろう。

「こんにちは、お父様」

真桐先生が頭を下げてから挨拶をすると、

「……お義父《とう》様？　つまり……真桐先生の嫁入り……ということか？」

「すみません真桐先生、気にしないでください。親父は寝ぼけているだけなんで。……そうだよな、親父？」

俺は早速、親父の横っ面を思いっきりビンタしてから、ダッシュでこの場から逃げ出したい気持ちになっていた。

「い、いえ。そ、そういうわけではなく、ですね。今日は、た、たまたまっ！」

真桐先生は唐突なセクハラに、顔を真っ赤にして動揺していた。

感情の昂《たかぶ》りのあまり、上手《うま》く言葉を発することができていない。

親父はというと、ペットボトルの水を勢いよく飲んでから、表情をシャキッとさせた。

どうやら、ようやく目が覚めたようだ。……お願いなので覚めていてください。

「真桐先生……いや、千秋《ちあき》さん。このバカ息子を、どうぞよろしくお願いいたします」

「おいバカ親父、一生眠っとくか？」

深々と真桐先生に頭を下げる親父に、俺は拳を握りつつ、無表情で告げる。

「すみません真桐先生。親父は残念ながら、俺という不出来な息子と、離婚届を叩きつけてきたお袋から受けたストレスによって……心が壊れてしまったんです」

俺の謝罪を受けた真桐先生はというと、

「それは、もちろんです！」

パニック状態から脱した真桐先生は、どうやら親父の発言に連続性がないと思っているらしく、今のは親が教師に対してただ告げた言葉だと思っているようだった。

それはそれで、俺としては都合が良かった。これ以上の失態を見せる前に、真桐先生には早いところおかえり願わないと、と考えていると……。

「それでは、後は若い二人に任せて、年寄りはここら辺で帰らせていただきます」

親父はそう言い残してから、駐車場に向かって全力疾走を始めた。

あまりにも予想外なその行動を、ポカンと眺めた後。

「意味が分からない……っ！」

俺は今のお気持ちを表明してから、全力で追いかけた。

親父との距離は縮まるが、しかし間に合わず車に乗り込む親父。エンジンをかけ……本気で帰るつもりのようだった！

「待て親父！……意味が分からないんだが？」

俺は運転席のドアガラスを叩きながら言う。

っち、と悪態をついてから、親父はドアガラスを下ろす。

「……息子よ、長い間すまなかったな」

「唐突になんだ!?　もしかして、……いつの間にか酔っぱらってんのか？」

「去年の初夏、お前に殴られてから、俺は答えを示すことが出来なかった。……ちなみに酔っぱらってはいない」

真直ぐな目で、親父は言う。

「これが俺の……たった一つ、今も胸の内に燻《くすぶ》る正義の答え――」

そう言ってから、親父は躊躇《ためら》いなく俺に拳を突き出してきた。

「美人で年上のお姉さん、最高っ！」

訳の分からない戯言《たわごと》をほざきながら不意に繰り出された拳を、俺は尻餅をついてギリギり避けた。

何が何だか分からない。俺は悪い夢でも見ているのだろうか……？

「え、えー……」

昨年の事件で心が折れた俺の叫びに対するアンサーが、親父の今しがた吐いた妄言だとするのならば——本当にグレるかもしれない。

「グッドラック、マイサン！」

呆《ほう》ける俺を置き去りに、親父はドヤ顔でサムズアップをしてから、車を走らせ——去っていった。

俺はその場に、呆然《ぼうぜん》と立ち尽くす。家に帰りついたら一発殴り返そう、絶対に……と、心に誓っていると、

「友木《ともき》君！……ほ、本当にお父さん、帰ってしまったの!?」

後ろから走ってきたのか、息を乱した真桐《まきり》先生が、動揺を浮かべながら問いかける。

「悪い冗談か、本当に帰ってしまったかは分からないですが、確かに車出していきましたよ。とりあえず、すぐに連絡をします」

そう言って俺はポケットからスマホを取り出して、親父あてにメッセージを送ろうとしたのだが、

「……あの、友木君。これがハンモックに忘れてあったわ」

真桐先生が、見覚えのあるスマホを取り出した。

「……親父《おやじ》のです」

あの野郎、スマホ忘れてる……！　これでは、連絡も取れない。

「さ、流石《さすが》にスマホを忘れてたら、取りに戻ってくるんじゃないかしら？　しばらく、待っていたらどうかしら？」

「そうですね」

「責任の一端は私にもありそうだし、お父さんが戻ってくるまで私も付き添うわ」

親父のクレイジーさに、真桐先生もたじたじだった。

「そんなに責任を感じる必要ないですよ。あれは親父の暴走以外の何物でもないので。……折角の休日、台無しにしてすみません」

俺が頭を下げると、「え？」と真桐先生は意表を突かれたように呟いた。

「わざわざソロキャンプをしに来たのに、変なことに付き添わせてしまったので」

俺が言うと、真桐先生はふふっ、と小さく笑う。

「いえ、友木君となら、こういうのも楽しいと私は思っているわよ？」

悪戯《いたずら》っぽく笑い、真桐先生は俺を見て続けて問いかけてくる。

「友木君は、違うのかしら？」

やはり、今日の真桐先生はいつもより優しい……というか、雰囲気が柔らかい。一体ど

うしたのだろうかと思いつつも、

「親父にムカつきっぱなしで楽しくはないです。だけど……真桐先生と一緒にいる時間は、悪くないと思ってますよ」

俺は照れくさくなって、彼女から視線を逸《そ》らして応えた。

☆

「……戻ってこないわね」

親父が逃亡してから、既に数時間が経過していた。

既に辺りは夕暮れに沈み、あちこちで焚火《たきび》の煙が上がっている。

俺と真桐先生も、焚火を前に、隣り合って椅子に腰かけていた。

「ここまで待ってもダメなら、戻る気がないんでしょうね、あのエンタメ大好き面白中年……」

溜《た》め息《いき》を吐《つ》いてから、俺は続けて言う。

「このキャンプ場は未成年のみの宿泊を禁止してないですし、今日はこのままテント泊をして、明日の朝、電車で帰ろうと思います」

俺の言葉に、真桐先生は険しい表情を浮かべて、腕を組みながら呟《つぶや》く。

「禁止されていないからと言って、保護者の同伴なしでの外泊をしようとするのは、教師としてはあまり感心できないわ」

教師という立場の真桐先生がそう言うのも、無理からぬことだろう。今日はご機嫌とはいえ、やはり俺の言葉は看過できなかったらしい。

「折角なんで、テント泊をしてみたかったんですが……仕方ない、今から帰ります」

「……えっ？」

俺の言葉に、真桐先生はなぜか驚いたように、こちらを向いた。

「どうしました？」

俺が問いかけると、コホンコホンとわざとらしくせき込んでから、

「いえ、私が言いたかったのは、そういう事じゃないの。……今回は、特別に私が保護者として同伴をすると言いたかったのよ」

「……はい？」

「荷物も電車で持ち帰るのは、大変でしょう？　私は車で来ているのだから、明日、一緒に帰りましょう」

真桐先生の真意を計りかねた俺は、彼女に問う。

「それもまずいんじゃないですか？　知り合いの誰かに見られたら——まぁ、ほとんどありえないことだと思いますが、真桐先生にとってまずい誤解を受けるかもしれませんよ？」

自分で言ってて恥ずかしくなったが、生徒と教師の禁断の恋、なんて勘違いをされる可能性がほんの僅かにあり、それは真桐先生にとっても避けたいはずだ。

「大丈夫じゃないかしら。同じテントに泊まればまずいでしょうけど、私も改めて隣にテントを設営するわ。ということは、二人ともソロキャンプに来ているだけで、こうして一緒にいるのは偶然に過ぎないわ」

「親父の件《くだり》を除けば、それが事実ではありますけど……」

俺が困惑しつつ言うと、真桐先生は畳みかけるように言う。

「それに、お父さんから友木君のことを、よろしく頼まれたのだから」

「そんな迷惑を掛けるわけには……」

俺の言葉に、真桐先生はクスリと笑う。

「私たちの間で、そんな遠慮はして欲しくないわね」

その言葉と笑顔には、様々な意味合いが含まれているのだろう。

確かに、今更な遠慮だったかもしれない。

「それもそうかもしれないですね」

俺は素直に、真桐先生の言葉に甘えることにした。

☆

真桐先生のテント場所を移すのを手伝うと、『お礼』ということで、彼女が晩御飯を振舞ってくれることになった。

『お礼』と言われるにはマッチポンプ過ぎて、気まずい。

「……本当に簡単な物しか用意できなくて、申し訳ないけど」

そう言って、真桐先生は手早く料理を数品用意してくれた。

彩鮮やかなサラダに、缶詰を使ったアレンジレシピ、そしてスープパスタを振舞ってくれた。

親父の作った炒飯《チャーハン》も美味《うま》いと思ったが、それ以上に真桐先生の料理は美味かった。

しかも、見た目はお洒落《しゃれ》だし、手際も無駄がない。

「美味いっす」

「これが所謂《いわゆる》、外ご飯効果というものよ」

真桐先生が得意気にそう言った。

「いや、場所は関係なく、真桐先生の作ってくれたご飯は美味いですよ」

俺がそう言うと、

「そ、そうかしら？……いつもなら、もっと手の込んだ料理を作るのよ？　今日は、たまたまこんな簡単な食事になったの」

と、どこか照れ臭そうに、真桐先生は誤魔化すように言った。

「それなら、手の込んだ料理も、いずれ食べてみたいです」

「……まずは胃袋ってことね」

俺の言葉に、真桐先生はハッとした表情を浮かべてから言った。

「なんのことですか？」

「何でもないわ。……そうね、今度はもっと手の込んだものを用意するから。楽しみにしていて」

いつになるかは分からないが、真桐先生の言葉が嬉《うれ》しく、「楽しみにしています」と俺は答えた。

それから食事を終え、食器類を片付けてから食後のコーヒーを飲む頃には、日も落ち切って、すっかり暗くなっていた。

闇夜の中をゆらりと揺れる焚火の灯《あか》りを、静かに二人で眺める。

パチパチと薪が爆《は》ぜる音と、周囲から聞こえる団欒《だんらん》の声が耳に届き、焚火の熱気を孕《はら》んだ夜風が、頬を撫《な》でた。

自然を間近に感じられる、心地の良い時間が流れていた。

「……千之丞《せんのじょう》さんとは、キャンプに来たりしてたんですか？」

俺は真桐先生に問いかけてみた。

彼女はこちらを一瞥《いちべつ》もせず、ゆっくりと答える。

「家族でキャンプをしに来たことは……小さい頃に数回程度かしら。友木君は、お父さんとキャンプ場には、よく来るのかしら？」

「親父とのキャンプは、今日が初めてでした」

「それは……悪いことをしたわね」

真桐先生が俺の顔を見てから、苦笑しつつ言った。

「親父が勝手に帰っただけなので、真桐先生は何も悪くないと言うか、改めて巻き込んですみませんと言うか……。それに、これからはいつだって一緒に来られますしね」

俺が言うと、真桐先生はクスリと笑みを浮かべて、俺を細めた目で見つめてきた。

「……なんですか？」

「何でもないわ」

楽しそうに、真桐先生は言った。

……俺と親父の距離が近くなっていることが、嬉しいのだろう。言われなくても、そのくらいは分かった。

決して揶揄《からか》われているわけではないと思うが、このような態度はどうにもむず痒《がゆ》い。

「私も、今度キャンプをする時は、父を誘ってみるわ」

「良いですね」

誘われればきっと、千之丞さんは大喜びをするだろう。

「その時は、友木《ともき》君も誘ってみるわ」

「良くないですね」

誘われればきっと、俺は困惑をするだろう。

「そう？　残念」

冗談でしたと言うように、子供っぽく舌を出してから苦笑を浮かべる真桐《まきり》先生。

そして、その後割と本気で残念そうな表情を浮かべていた。

「もしかして、二人だとまだ気まずかったりするんですか？」

「……いえ、そういう事じゃないわ」

頬を膨らませて、そっぽを向いた真桐先生。

一体、どういう意味だろう……と考えていると、

「喉が渇いてきたわ」

夜になって夏の暑さが和らいだとはいえ、焚火の熱を間近に感じていると、何もしていなくても汗をかいてしまう。

真桐先生は、持参していたクーラーボックスからペットボトルの水を取り出して、水分補給をした。

その一瞬、クーラーボックスの中に複数のアルコール類が入っているのを、俺は見逃さ

なかった。

　きっと真桐先生は、焚火を眺めながらのんびり酒を飲むことを楽しみにしていたのだろう。そう察して、俺は彼女に言う。

「真桐先生、お酒は飲まなくていいんですか？」

　俺の問いかけに、うっ、と真桐先生は呻《うめ》いてから、

「酔った勢いで迷惑を掛けたことが何度もあるとはいえ……流石《さすが》に素面《しらふ》のまま、未成年の生徒の前で、何のためらいもなくお酒を飲めるような神経はしていないわ」

　どうやら真桐先生は俺に遠慮をしていたようだ。

　しかし、折角の休みなんだから、気にしないで良いのに。俺がいなければ、予定通りアルコールを楽しんでいただろう。

　それを取り上げることになるのは……どうにも忍びない。

「俺のことは気にせず、飲んでください。……酔っても、ちゃんと面倒見ますので」

「そ、そういうことを気にしているわけではないわっ！」

　俺の申し出を拒否した真桐先生。

「大丈夫、俺は酔っぱらった真桐先生の保護者みたいなものですから」

　真桐先生は恨めしそうに俺を見た後、ふと何かに気づいたようにハッとした表情を浮かべた。

それから、楽しそうに笑いながら、

「友木君は、さっき私に保護者が必要な子供扱いをされたことが悔しかったのかしら？　だから私に意地悪なことをつい言っちゃったのね。……意外とまだまだ子供っぽい、可愛《かわい》らしいところがあるのね」

挑発的な真桐先生の言葉に、少しだけムッとした後、気づく。

確かに、無意識のうちにそう思っていたところは、あるのかもしれない。

「そんなつもりはなかったですけど、無意識のうちに、対等に見てもらいたいって思っていたのかもしれないです」

真桐先生は、俺の言葉を聞いてから、俺に背を向けて、クーラーボックスを開いた。

「対等……。生徒と教師、未成年と成人という関係性を除けば。私は対等の関係だと思っているわ」

と言ってから、「むしろ、そう思ってもらいたいわ」と、真桐先生は呟《つぶや》いた。

その言葉に、俺は苦笑を浮かべてから答える。

「つまり、しばらくの間は子供扱いってことじゃないですか」

「そんなに心配しなくても。友木君が高校を卒業したら、嫌だと言っても、一人前扱いするわ」

未《いま》だ、クーラーボックス内を物色する真桐先生。彼女がどんな表情をしているのかは、分からない。

「それは、楽しみです」

「ええ……楽しみね」

缶ビールを手に振り返った真桐先生の頬が紅潮しているように見えたのは、きっと焚火《たきび》の火に照らされたせいだろう。

俺の言葉に、真桐先生は満足そうに笑ってから、

「保護者もいることだし、少しだけ。お酒を飲んでも良いかしら？」

「まぁ、酔いつぶれない程度に抑えてくださいね」

「分かっているわ」

真桐先生はそう言って、銀色の奴《やつ》を開けた。

プシュッ！　という炭酸の抜ける小気味よい音が耳に届き、それから真桐先生はグラスに注ぐことなく、缶に口をつけてビールを飲む。

一口飲んだ後、「ふぅ」と小さく呟いてから、

「友木君も飲みたいのかしら？　でも、ダメよ？」

と、ご機嫌な様子で言った。

俺は知っている。真桐先生がアルコールを摂取すると、途端にポンコツになることを。

「思ってません」

毅然《きぜん》とした態度で俺が言うと、

「そうよね、お酒は二十歳《ハタチ》になってから」

ご機嫌にそう言って、真桐先生は再び缶に口をつける。一口飲むたび、彼女の笑顔がだんだんと締まりが無くなっていく。時間が経《た》つたびに変わるその表情を見るのは、結構楽しかった。

その様子を見て、俺は言う。

「今は飲みたいと思ってないですけど、いつか、真桐先生と一緒に飲んでみたいとは思いますね」

俺の言葉に、真桐先生は目を真ん丸にしてこちらを見た。

「もちろん、20歳を超えてからの話ですけど」

俺の言葉に、真桐先生はチラチラと俺を窺《うかが》いつつ、言う。

「わ、分かってるわ……。20歳を過ぎてから、そうね。私も一緒に友木君とお酒を飲みたいわ。その時は——こうして焚火を囲って、一緒にお酒を飲むのも良いかもしれないわね」

真桐先生はそう言ってから、「あと——」と前置きをして、続けて言う。

「私と同じ失敗をしないように、友木君にはお酒の飲み方を教えてあげるわ」

「反面教師ってやつですね」

俺の軽口に、真桐先生は微笑《ほほえ》んで答える。

「そういうことよ」

彼女の言葉に、俺は答える。

「楽しい飲み会になりそうですね」

「ふふっ……そうよね。今から、とても楽しみだわ」

真桐先生は、おかしそうに笑ってから、そう言った。

俺はその笑顔を見て、気づいた。

「暗いから分かり辛《づら》かったですけど――真桐先生、顔真っ赤になってますよ」

頼るものが焚火の灯りしかなかったから気づけなかったが、明らかに先ほどまでよりも顔が赤くなっていた。

先ほどは焚火に照らされたせいだと思ったが、今の彼女を見れば、それ以外の理由があるのは明白だった。

「えっ？　そ、そうかしら!?　いえ、――そんなことないわっ！」

慌てた様子の真桐先生が、顔を背けて俺の視線を防ぐように片手を突き出してきた。

どうやら、俺に図星を突かれると思って、照れているようだ。そんな彼女に、俺は忖度《そんたく》なしに言う。

「飲みすぎじゃないですか？」

俺がそう言うと――真桐先生は真顔になり、頬の紅潮も途端に収まったように見える。

なぜか、彼女のテンションが下がっていた。

どうしたのだろうと思っていると、彼女は「はぁ」と、溜《た》め息《いき》を吐《つ》いてから、

「一本目すら飲み切ってないわよ……」

真桐先生は口を尖《とが》らせそう言って、手にした缶ビールをぐいと煽《あお》った。

それから彼女は、恨めしそうな視線を向けてくる。

どうして俺は今、責められるような視線を真桐先生から向けられているのだろう……？

「どうして私が不機嫌になったのか、分からないのね？」

真桐先生が察したように、俺に向かって問いかける。

「……何か失礼なことをしてました？」

恐る恐る俺が問いかけると、真桐先生は再び俺を責めるような視線を向けた。

その視線に戸惑う俺を見て、彼女は「うふふ」と楽しそうに笑った。

……やはり、何が何だか分からない。

「やっぱり酔ってるんじゃないですか？」

「ええ、そうね。酔ってるのかも。……だから、気にしないで良いのよ」

可愛らしく笑いながら、真桐先生は優しい眼差《まなざ》しを俺に向けてくる。急に微笑みを向けられたことにドキリとする。

「あら、友木君も、顔が赤くなってるわよ？」

「……焚火に照らされてるからじゃないですかね」

図星を突かれた俺が視線を逸《そ》らしながら言うと、彼女は「そうかもしれないわ」と、揶揄《からか》うように言う。

その後も、お互いに軽い調子で会話を繰り返し。

そんな、どこかくすぐったくなるような心地の良い時間を過ごし、夜は更けていくのだった――。

☆

ちなみに、余談。

翌日、真桐先生の車で自宅まで送ってもらった俺は、親父《おやじ》にキャンプ場に置き去りにされた怒りが、一夜経過しある程度収まっていた。

だから、親父に一言文句を言って、今回の件を水に流そうと思っていたのだが――。

「すまなかったな、優児《ゆうじ》。息子をキャンプ場に置き去りにするなど、普通は考えられんよな」

「親父が普通じゃないのはよく分かったから、もう良い」

俺の言葉を聞いて、ふ、と親父は笑ってから、「ちなみに」と前置きをしてから、

「千秋《ちあき》さんの親御さんには、いつ頃挨拶に伺えば良いか？」

と、真顔で言ってきた。

その一言に、昨夜の怒りが再燃し、久しぶりに殴り合いの喧嘩《けんか》をするのだった。

3. 友人キャラと海と夏

夏休みもいつの間にか残り2週間ほどになっていた。

相変わらず暇だった俺は、タブレットでトレーニング系の動画を視聴していたところ、スマホにメッセージが届いていた。

見ると、朝倉《あさくら》からのメッセージだった。

『明日暇なら海に行かね？』

かなり急な話だったが、幸か不幸か、明日の予定は特にない。

『良いぞ』

俺が即座に一言返信すると、朝倉からもすぐにメッセージが返ってきた。

『それじゃあ、8時に駅前に集合』

駅前と言ったら、高校の最寄り駅のことだろう。中々早い集合時間だとは思うが、海に行くのであればそれなりの遠出になる。気合が入るのも無理はない。

『了解』

俺が返信すると、間髪容《い》れずに、朝倉からのメッセージが届く。

『ちなみに、女子を呼ぶのはダメだからな。特に葉咲《はさき》や冬華《とうか》ちゃんを誘うのは、絶対にダメだからな！』

更に、怒りの表情を浮かべたオッサンのスタンプが送られてくる。……非常にユニークなセンスのスタンプだ。

『分かった。だけど、どうしてだ？』

単純な疑問を、俺は投げかけていた。

冬華とは、以前一緒に海に行こうと約束をしていた。折角だから、彼女とも一緒に行ければ良かったのだが……。

『水着姿の冬華ちゃんと葉咲はめちゃくちゃ見たい、すげー見たい』

それなら誘えば良いんじゃないかと思ったが、

『だけど、それ以上に。…水着美少女二人を侍《はべ》らせる友木《ともき》が見たくないからだ』

ニチャァ…と笑顔を浮かべたおっさんのスタンプが送られた。

その笑顔の裏に、朝倉の果てない悲しみと怒りが満ちているのだと、俺には理解が出来た。

故に俺は、『了解』とだけ返信して、何も考えないようにとトレーニング系の動画視聴を再開するのだった。

☆

そして、翌日。

電車とバスを乗り継ぎ、そこから真夏の日差しを受けながら歩くこと5分。

まだ午前中とはいえ、きつい日差しが注ぐ真夏の海に、辿《たど》り着いた。

今日の面子《メンツ》は、朝倉、池《いけ》、そして唯一の後輩甲斐《かい》に、俺を含めた四人だ。

「っしゃあ、着いた……海だっ！」

既に海パンに着替えた朝倉は、眼前に広がる海を見渡し、そう言った。

朝倉を見ると、自然に鍛えられた筋肉が目に入る。日々の部活での努力が窺《うかが》える。

室内スポーツのバレーボールをしているが、袖の部分から先が日焼けしているのは、外での走り込みも欠かさずにしているからなのだろう。

「やっぱり、日差しがきついな」

そう呟《つぶや》いて、太陽の眩《まぶ》しさに目を細めるのは池だった。

爽やかハンサムな池は、何を着ても様になるが、海パン一枚でも様になる。

運動部に所属をしていないにもかかわらず、意外なほど鍛えられているその身体《からだ》つきは見事の一言。

近くを通り過ぎた水着ギャルたちが、池の綺麗《きれい》に六つに割れた腹筋をチラチラ見て噂《うわさ》をしていることからも、こいつのハンサムっぷりが窺える。

「それにしても、結構人多いっすねー」

苦笑しつつ言ったのは、甲斐だ。

筋トレの成果が出てきているのか、中々立派な筋肉をしている。

少し離れたところから、派手目のギャルが得物を見る眼差しを甲斐に向けていることに、俺は気がついた。

やはり、甲斐もイケメンだから、こういうところでも目立つのだ。

視線を朝倉に戻してから、問いかける。

「それで、海に来たら何をしたら良いんだ？　悪いが、友人と海水浴に遊びに来た経験がないから、全然わからん」

俺の問いかけに応えたのは、甲斐だった。

「遊びの前に、まずは日焼け止めを塗りましょう。真夏の海の日差しを舐《な》めると、痛い目を見ますから……」

「日焼け止めか。あんまり使ったことないな」

真剣な表情の甲斐に、俺は正直に答える。

「普段体育館で練習して、たまに外連すると、マジで日焼けで肌がやけどしたみたいに痛くなったりするからなー。俺も今日は、小麦肌用日焼け止めを持ってきた！　この半そで焼けをどうにかしたいんだよなー」

苦笑を浮かべながら、朝倉は言った。

「塗り慣れてないなら、俺が背中とか、塗るの手伝うんで大丈夫ですよ、友木先輩！」

真剣な表情で言う甲斐に、

「手伝ってもらえば？」

朝倉も軽い調子でそう言った。

「……というか、俺は日焼け止めを持ってきてなかった」

俺が根本的な問題を今更口にすると、

「それなら、俺が持ってきたこの日焼け止め、使ってください！」

そう言って甲斐が日焼け止めを差し出してくる。

「悪い、有難く使わせてもらう」

俺は、甲斐から日焼け止めを受け取る。パッケージを見ると、『ウォータープルーフ』という文字が書かれている。確か、耐水性を示す言葉だったはず。夏場汗をかいたり、海で泳いだりしても、日焼け止めの効果があるのだろう。

そう思いつつ、俺は受け取った日焼け止めを腕や胸に塗り込んでいく。

「すんません、友木先輩。背中に塗るの、手伝ってもらっても良いっすか？」

甲斐が甘えるような声で俺に問いかける。日焼け止めを使わせてもらったのだから、そのくらいお安い御用だった。

「ああ、構わない」

俺はそう言ってから、日焼け止めを手に取って、甲斐の背中に塗る。

「さっき見た時も思ったが、温泉に行った時よりも、仕上がっているな。中々良い身体だ」

俺がそう言うと、甲斐は照れくさかったのか、耳まで真っ赤にして、

「友木先輩にそう言ってもらえると……嬉《うれ》しいっす」

と呟いた。

「塗り終わったぞ」

「ありがとうございます！……今度は、俺が先輩の背中に日焼け止めを塗ります」

「そうか。助かる」

俺は日焼け止めを甲斐に返す。

受け取った甲斐は、日焼け止めを掌《てのひら》で温めてから、俺の背中の隅々まで、丁寧に塗っていった。

「やっぱり先輩、大きいっす」

そう言って、甲斐は「はぁ、はぁ……」と息を荒くするほど、一生懸命俺の背中にこすりつけていく。

「……そこまで執拗《しつよう》に塗り込まなくっても良いんじゃないか？」

俺が問いかけると、

「いえ、しっかり塗り込まないとだめっすから」

甲斐はそう言って、「これで良し」と嬉しそうな声で言ってから、手を止めた。

「そ、そうか。ありがとう、甲斐」

俺がそう言うと、

「いつもお世話になってるんで、このくらいさせて欲しいっす」

と、健気《けなげ》にそう言った。

なんて先輩想《おも》いの後輩なんだろうかと、俺が感激していると、池から声が掛けられた。

「みんな、分かっていると思うが、水分補給はこまめにするようにな。倒れたら大変だ、スポーツドリンクを用意しているから、気軽に飲んでくれ」

池は用意していたクーラーボックスからスポーツドリンクを取り出し、全員に手渡した。

俺たちはありがたくそれを頂戴し、一口飲んだ。

ちなみに、俺が甲斐と日焼け止めを塗っている最中、池はテキパキとした手際で用意していたレジャーシートを敷いた上、レンタルのパラソルまで用意してくれていた。

「それで、この後は？」

俺の問いかけに応えたのは、朝倉だった。

「……あそこに見える岩まで誰が一番に着くか競争、ビリの奴《やつ》はトップの奴に、昼飯を奢《おご》るってのはどうだ!?」

「四、五百メートルほど先の海上にポツンと見える岩を指さし、朝倉が言った。

「俺、結構泳ぎ得意っすよ。小学生の時は水泳教室通ってましたし」

「俺も泳ぎにはそれなりに自信があるぞ」

甲斐と俺の言葉に、朝倉は腕を組んでから答える。

「池も水泳が出来て当然だと考えると……よし、賭けはやめよう！」

と、提案を棄却した。勝負をするにはリスクが高いと判断したのだろう。

「でも、試しに誰が一番速いか、競争はしようぜ」

「良いんじゃないか？」

「俺も問題ないっすよ」

朝倉が改めて競争を提案し、俺と甲斐もその意見に賛成する。

それから、早速海に向かって歩を進めると――、

「待て！」

いつになく真剣な池の声が耳に届いた。

「ど、どうした!?」

突然の声に朝倉が動揺しつつ池に問いかける。俺たち三人は、揃《そろ》って池に振り返る。

「ウミ、キケン。ハイルマエ、ジュンビウンドウ、ダイジ」

と、真剣な表情を浮かべた池が言った。

……なんで片言なんだ？

俺と朝倉《あさくら》と甲斐は、三人で顔を見合わせたものの、ツッコみもせずに池の言葉に従うことにした。

「そうだな、泳いでる途中で足攣《つ》ったら大変だしな」

朝倉がそう言うと、池が満足そうに頷《うなず》いた。それから池の号令に従い、準備体操をした。

準備体操のおかげで、体は十分に温まった。

俺たちは今度こそ、海に入る。もちろん、今度は池に止められることはなかった。

「おお、冷た……くはないな」

この間、キャンプ場で入った川は驚くほど冷たかったのだが、今回はとても温《ぬる》く感じた。

それぞれの場所の関係もあるのだろうが、海と川で、こんなにも違いがあるのだと知り、内心とても驚いた。

「絶妙にテンションが下がる温さだな」

「温暖化の影響がもろに出ていて、なんだか心が痛むな……」

朝倉は、テンション低めに言い、池は本当に心を痛めているように、痛切な表情を浮かべていた。

「温水プールみたいで、泳ぎやすいじゃないですか」

甲斐がそう言うと、朝倉が「それもそうかもな」と頷いた。

「そう言えば、甲斐の得意な泳ぎ方ってなんだ？」

池が問いかけると、

「俺は――Ｆｒｅｅしか泳がないっす」

甲斐はそう答えてから、持ってきていたゴーグルをつける。

「じゃあ俺も、Ｆｒｅｅで泳ぐか」

池もゴーグルをつけてから、後頭部のゴムを引っ張り位置を調整して、手を離す。

勢いよくゴムが収縮し、パチンという小気味良い音が響く。

二人は、どうやらこの競争に本気を出すようだった。

この二人を相手に、賭けをしないで正解だった。そう思いつつ朝倉を見ると――。

「それじゃあ、準備は良いな？　よーいスタート！」

朝倉は雑に確認を取り、自分でスタートの号令を告げてから、誰よりも早いスタートダッシュを決めた。

恐らく誰もが朝倉に対し、『せこい小学生みたいな作戦を実行する奴』という評価を心中でしただろうが、誰一人として文句を言う事もなく泳ぎ始めた。

俺もＦｒｅｅ《クロール》で泳ぐのだが、思うように前へ進めない。波の流れがあり、プールで泳ぐよりもずっと体力を使う。

苦戦している俺をよそに、甲斐と池はどんどん前に進んでいった。

池《いけ》がスポーツ万能で何でもできることに驚きはなかったが、甲斐《かい》の泳ぎも目を瞠《みは》るものがある。

どちらが速いのかは後ろの位置からではよく分からなかったが、二人は既にゴールに到着したようだ。

俺も、スパートをかけ、なんとかゴールに辿《たど》り着いた。

「お疲れ、優児《ゆうじ》」

「二人とも、速いな。どっちが勝ったんだ？」

俺の問いかけに、甲斐は苦笑を浮かべつつ、答える。

「池先輩っす。泳ぎは割と自信あったんですけどね」

甲斐は池を讃《たた》えた。

「ブランクもあったんだろ。それに、甲斐はこの半年くらいで筋肉量を増やした影響で、泳ぎが追い付いていなかったな」

池が微笑《ほほえ》みながら言うと、甲斐は苦笑を浮かべ答えた。

「小学生の時みたいには、泳げなくなっちゃいましたね、……あ、朝倉先輩もゴールみたいっす」

甲斐の言葉に背後を振り返ると、今まさに朝倉が到着したところだった。

「お、お前ら……マジか、速すぎだろ～」

荒れた息を整えながら、朝倉が言う。

「お疲れ」

俺の言葉に、「マジで泳ぐのって疲れるよな……」と乾いた笑いを浮かべた朝倉。

「それにしても朝倉先輩は経験者でもないのに、なんで自信満々に賭けを提案したんすか？」

朝倉の様子を見た甲斐が問いかける。

「バレー部の練習で、心肺機能鍛えるために最近泳ぐこと多かったから、結構自信あったんだよ」

「思いとどまったとはいえ、それで賭けを持ち出すのは、結構せこくないか……？」

朝倉の答えを聞いて、俺は言った。

すると彼は、そっぽを向いて口笛を吹いた。誤魔化し方が昭和の漫画みたいに古かった。

「にしても、優児も速かったな。実は、水泳経験者なのか？」

池の言葉に、首を振ってから答える。

「小中学校でやった体育の水泳って、結構自由時間があって、半分遊びみたいなもんだったろ？　だけど俺は誰とも遊べずに、ひたすら泳ぎ続けていたから……」

俺は数年前のことを思い出す。体育の授業、楽しそうにはしゃいでいたクラスメイトの男子を羨みつつも、俺はただ泳ぐことしかできなかった。

「そのおかげで泳ぎが得意になった」

俺の言葉に、三人は優しい眼差《まなざ》しを向けてきた。

「よし、それじゃあ友木《ともき》にはあれをしてやろう」

朝倉は閃《ひらめ》いたとばかりに良い表情を浮かべた。

「あれ？」

「水泳の授業の自由時間では、定番のあれだよ」

朝倉は俺の問いかけに答えずに、意味深な表情ではぐらかす。

しかし、池と甲斐は何のことだか理解しているようで、

「ああ、あれか」

「良いんじゃないっすか」

と、楽し気に笑っていた。

一体、これから何をするつもりなのだろうと思っていると、

「もう少し、浅瀬に移動しよう」

と池が提案し、移動をすることに。

少し戻り、海の深さが、股下程度まで浅くなったところで……

「友木、暴れるなよ！」

急に後ろから朝倉に抱き着かれた。

「……!?」

「無駄な抵抗はやめるんだな、優児」

「友木先輩、スンマセンっす」

そう言ってから、俺の右足左足をそれぞれ抱える二人。

いつもならこんな失態は晒《さら》さないのだが、すっかり油断していた。あっという間に俺は四肢の自由を奪われ、持ち上げられてしまった。

というか、この状況になって、俺はようやく悟った。

朝倉の言っていた、水泳の授業の定番とは、まさか――。

「ちょ、ちょっと待っ……!」

俺の言葉に、三人はニヤニヤと笑顔を浮かべる。

それから、俺を前後に揺らして勢いをつけてから「せーのっ!」と声を合わせ――。

タイミングよく、俺を放り投げた。

ふわりとした浮遊感も束《つか》の間《ま》、勢いよく海面に叩《たた》きつけられる。大した痛みはないが、突然の入水に前後左右を一瞬見失う。

落ち着いて足を地面につけてから立ち上がる。深さは首から下くらいで、顔から上は問題なく水面から出ている。

少し離れた場所で楽しそうに笑う三人を恨めしそうに見ていると、

「どうだった、優児？」

池が爽やかに笑い、問いかけてきた。

「ぼちぼちだ」

俺の答えに、朝倉が答える。

「これが誰もが通る水泳の授業の醍醐味《だいごみ》だ」

「友木先輩、ケガはないっすか？」

心配そうに俺を窺《うかが》う甲斐。

「……ああ、楽しかったよ。お礼に……思う存分お返しをさせてもらおう」

俺はそう言ってから、甲斐の腰回りを両腕で抱き、持ち上げる。「ふあぁぁぁっ……！」

と、情けない声を漏らす彼を容赦なく放り投げる。

派手な音と水しぶきを立てて入水した甲斐から、視線を池と朝倉へと向けた。

「さて、次はどっちだ？」

俺の言葉に、

「朝倉、受けて立つぞ！」

と池が答える。

朝倉は、「おう！」と答えてから池の背後に回り、彼を羽交い絞めにしながら、

「友木、今だ！」

と、俺に呼びかけた。流れるような裏切りに、池もしばし呆然《ぼうぜん》とする。

俺は身動きできない池の足を摑《つか》み、朝倉と共に彼を放り投げる準備をした。

「裏切ったな……、朝倉！」

諦観が浮かぶ池の言葉に、

「全てのモテない男子の代表として、俺は今ここに立っている……！」

と朝倉が答えた。

訳は分からなかったが、その迫真の表情に、俺と池は何もツッコめなかった。

「……南無三っ！」

と悔し気に呟《つぶや》く池を、俺と朝倉は海に向かって放り投げた。

ふぅ、と一息吐《つ》いた俺は、朝倉と目が合う。

「やったな、友木！」

と、良い顔で微笑みながらハイタッチを求めてきた朝倉に、俺も笑顔で応じて手を叩いてから。

無言のまま、流れるような動作で彼をつかんで、海に放り投げるのだった——。

☆

海で泳ぎ、はしゃいだ育ち盛りの男子高校生である俺たちは、昼前にはすっかり空腹になっていた。

俺たちは、海の家で早めの昼食を食べることにした。

海の家は混雑していたものの、店外で待たされることなく、席に案内された。

「昼時は更に混むだろうし、滑り込みでセーフって感じだな」

朝倉《あさくら》が「ラッキーだな！」と喜んでいると、

「そういえば、さっきの賭けが成立していたら、朝倉先輩の奢《おご》りでしたね」

甲斐の言葉に、

「俺の判断力を褒めてるつもりか？　もっと素直に褒めてくれるか？」

朝倉は得意げに答えた。

「愉快な人っすね、朝倉先輩は……」

「そうだな」

呆《あき》れる甲斐が、俺に向かって言った。俺は、苦笑をしながら答える。

席で各々メニューを見てから、すぐに店員さんを呼び、注文を伝えた。

俺の強面《こわもて》も、夏の海ではそこまで忌避されるものではないらしく、多少怯《おび》えられた程度で、スムーズに通った。

正直言って、それだけで俺のテンションは少々上がってしまった。

それから四人で「はら減ったなー」などと他愛ない話をしていると、すぐに注文の品が運ばれてきた。

机上には、焼きそばにカレー、お好み焼きが並んだ。それぞれの料理の香りが鼻に届き、食欲をそそられる。

誰ともなく、「いただきます」と言ってから、食べ始めた。

「このチープな味、落ち着くな」

大雑把な味付けが施されているのが一目でわかる焼きそばを堪能しながら、池が言う。

「分かる。そのくせ強気な値段設定。……これ、海の家じゃないと許されない値段設定だよな！」

レトルトと大差ないクオリティのカレーライスに舌鼓を打ちながら、妙なテンションで朝倉が言った。

「褒めてないっすよね、それ……」

ちょっと高めの冷凍食品と似たような味がするお好み焼きを食べながら、甲斐が言った。

ちなみに、俺も同じお好み焼きを食べているのだが、絶妙に後悔はしないレベルだ。

その後、黙々とそれぞれの料理を食べ進め、あっという間に完食した。

「やっぱ物足りないな……追加注文しよう。他にも頼む奴《やつ》いる？」

朝倉が問いかけると、

「いいや、待ってくれ」

と、池《いけ》が言った。

「実は今日、スイカを持ってきている。クーラーボックス内で保管している、冷えたスイカだ……ここで追加注文はせず、この後皆で食べないか？」

「流石《さすが》だな」

気の利いた池に対し、俺は賛辞を贈る。

「マジか、もちろん食う！」

「ごちっす、池先輩！」

朝倉と甲斐《かい》の言葉に、池は「うむ」と頷《うなず》いてから、堂々とした態度で言った。

「折角だし、スイカ割もしよう！　道具の用意もしているんだ」

「流石だな」

気の利いた池に対し、気の利いた一言が言えない俺は『流石だな』と繰り返し言うだけの存在になっていた。

次の行動が決まった俺たちは、会計を速やかにすませる。

それから海の家を出て、荷物を置いていた場所に戻る。早速池が、クーラーボックスを開けた。

その中を覗《のぞ》けば、保冷剤と数本の飲み物、そして小ぶりのスイカが入っていた。

俺と朝倉と甲斐は、取り出されたスイカを目にし、自然と拍手をしていた。

「それじゃあ、準備をしようか」

それから、用意していた新聞紙を砂の上に敷いて、更にその上にスイカを置く。最後に、スイカを割るのにちょうど良さそうなサイズの棒を、池は取り出した。

「ちなみにこれは、俺が昨夜夜なべして作った、スイカ割専用棒だ」

「流石だな」

池は昨夜からテンションがおかしかったのか……？　と一瞬邪念が頭をよぎったが、俺は引き続き、『流石だな』とぶれずに一言告げる。

最後に目隠しのためのアイマスクを用意して、スイカ割の準備はこれで万端だった。

「池がやると、どうせいきなりスイカを割るに決まっているし、まずは俺から行っても良いか？」

真っ先に朝倉が言った。池の場合、スイカの気配を頼りに棒を振り下ろし、綺麗《きれい》に4等分することになるのだろう。

「どうせってどういうことだ？」

苦笑を浮かべる池だが、一番手を朝倉が務めることに異論はないようだった。

朝倉に棒を渡してから、アイマスクを着けて目隠しをする。

「それじゃあ朝倉。その場で10回まわって、スイカ割スタートだ」

池の言葉に従い、朝倉はその場で10回転をした。

それから、棒を構えながらふらふらと歩き始めた朝倉。平衡感覚がおかしくなっていることは、一目瞭然だった。

「どっち行けば良い!?」

朝倉は、目隠しによって姿が見えなくなった俺たちに向かって問いかけた。

「前に歩いて！」

朝倉の言葉に答えるのは甲斐だった。

その言葉通りに、朝倉はゆっくりと覚束《おぼつか》ない足取りで歩いた。

「そのましゃがみ、斜め、前＋ⓟ」

続いて池がコマンド入力をすると、

「歩きながら波動拳コマンド……。つまりこれは——昇竜拳っ！！！」

朝倉はその場で必要のない昇竜拳を行った。俺は妙にツボに入り吹き出してしまったが、甲斐は何のことか分からないようで無反応、そしてなぜか、ネタ振りをした池も無反応だった。

「……ダメだ、今日の池のテンションはどこかおかしい。友木《ともき》、頼れるのはもうお前だけだ、俺はお前の声を信じるぞ！」

昇竜拳後の硬直が解けてから、朝倉は言った。

「え、俺も信じてもらえてないんすか？」

甲斐が虚を突かれたように言った。その言葉に、池は彼の肩をポンと叩《たた》き、苦笑を浮かべた。甲斐の表情を見ると、納得しかねているようだった。

俺はというと、少々悩んでいた。

朝倉に真実のみを伝えると、スイカ割のゲーム性が著しく低くなってしまう。嘘《うそ》を吐き、誤った情報を伝えてゲームを盛り上げようかとも考えたが……朝倉から向けられた信頼を裏切りたくはなかった。

「それじゃあ……」

俺は朝倉を誘導する。

甲斐と池のでたらめな指示には全く従わず、彼は俺の声に従い、歩く。

「ストップ！　今、朝倉の目の前にスイカがある。少しだけ右に動いて……そこで振り下ろす！」

俺の言葉に、朝倉は動いた。

「おっしゃー、いくぞー……!?」

勢いよくスイカめがけて振り下ろされた棒。

この軌道なら、綺麗にスイカに直撃するはずだった。

しかし、スイカが割れることは無かった。なぜなら……。

「……何やってんだ、池？」

振り下ろされた棒を、いつの間にかスイカの前に移動していた池が、がっちりと摑んでいたからだ。

白刃取りの要領で棒を摑んでいる池は、真剣な表情で言う。

「……タベモノ、アソブ、ヨクナイ。キレイニキリワケテ、オイシクタベル」

「やっぱ今日の池、テンションおかしくないか」

俺は片言で喋《しゃべ》る池を見て、そう呟いていた。

「おかしいですよね。めっちゃ楽しんでますよね」

甲斐がそう言うと、池は「トテモタノシイ」と決め顔で呟き、頷いた。

「……そういうことか。まさかとは思っていたが、安心した」

先ほどから困惑しっぱなしだった朝倉が、棒から手を離してアイマスクを外す。そして目の前の池の行動を見て、どこか納得したようにそう呟いた。

「朝倉……？」

「知っているか、友木。男友達だけで海に来ると、知能に著しいデバフがかかることを。……池も同じだったようで、安心した」

「そんなデバフが……？」

まさかと思いつつも、池の現状を鑑みるに、そのデバフの実在は疑いようがなかった。

俺と朝倉の会話を聞いていた池は、問いかけに応えぬまま不敵に笑い、

「さぁ……次の相手はどっちだ!?」

握った棒を俺と甲斐に向けてから、問いかけた。

俺と甲斐は、互いに視線を合わせてから、肩を竦《すく》め……。

「さっきの水泳のリベンジ、良いですか池先輩?」

「もちろん俺にも挑戦権はあるよな?」

池の挑戦を受けて立つことに。そんな俺たちを見た朝倉は、

「気を付けろ二人とも、今の池は知能にデバフがかかっているが、攻撃力と防御力にはバフがかかっている。理性をなくしたバーサーカー、それがあの男だ」

的確なアドバイスを送ってくれた。

現在のおかしなテンションでは仕方ないことだが、家に帰ってからふとこのセリフを思い出してしまえば、朝倉は枕に顔を埋めて悶えることになるだろう。

「心配無用ですよ、朝倉先輩——」

「俺たちも既に、手遅れのようだ!」

知能にデバフがかかっている俺と甲斐も後程思い出して悶えることになりそうなテンションで、朝倉の声に全力で答えた。

スイカを守る池に、俺と朝倉は良い感じの棒を握りしめ、立ち向かうのだった。

——ちなみに、スイカは俺と甲斐の面打ちを白刃取りした後、池がキレイに4等分し、皆で美味《おい》しくいただいた。

☆

スイカを食べ終え、パラソルの下で日差しを避けつつのんびりしていたところ、

「……って、何を普通に遊んでるんだ！」

突然朝倉《あさくら》が激しい口調で訴えた。

「遊びに来たんだから、当然のことじゃないか？　朝倉は何に怒っているんだ？」

池が冷静に問いかけた。

朝倉の言葉の意味が分からなかった俺たちを代表してくれたのだ。

「何って、男たちで夏の海に来たら何するか——そんなもん、決まってるだろ!?」

俺は池と甲斐と顔を見合わせて、首を傾《かし》げる。

それを見た朝倉は、大げさに顔を覆って嘆いてみせた。

「かぁ～っ！　マジでか、お前ら!?　信じられねぇっ！」

池の次は、朝倉のテンションが高くなる番だった。

「海に来たら、水着のお姉さんをナンパしなくちゃいけないだろうが!? そのために、お前たちを呼んだんだぞ!」

大げさな身振り手振りを交えて、熱弁する朝倉。

「いや、朝倉もノリノリで『泳ぐぞ!』とか言ってただろ」

「海の家のチープな飯の味がくせになるとか語ってたしな」

「スイカ割もめっちゃ楽しそうにやってましたしね」

これまでの朝倉の言動を思い出し、俺たちはそう言った。

「そ、そこまで言うなよ。……お前らと普通に遊ぶのが楽しかったのも、本心なんだよ」

鼻の下を擦《こす》りながら、朝倉は言う。なんだか照れくさい気持ちになった。

「ただ、本番はここからだ!……海だ! 水着ギャルだ! ナンパだ!!!」

うおおおお! と朝倉は拳を振りかざした。勢いとテンションが凄《すご》い。

海に来たらナンパしなくちゃいけないというのは分からないが、そのために池と甲斐という、二人のイケメンを連れてきたのは良く分かる。

だが、それなら……。

「ナンパをするのに池と甲斐を呼んだのは、女子の食いつきが変わりそうだと分かるんだが。俺みたいな強面《こわもて》がいたら、女子を怖がらせるばかりでナンパになんてならないと思うぞ」

俺が言うと、朝倉はニヤリと笑みを浮かべた。

「いや、その点は抜かりない」

そう言ってから、朝倉は海パンのポケットからサングラスを取り出した。

そして、それを俺にかけた。

「こうしてサングラスをかけ、髪の毛を適当に遊ばせて……」

それから、俺の髪の毛をいじくる朝倉。

そして満足そうに頷《うなず》いてから、笑顔で告げる。

「ほら、やっぱな！　こうすれば、水着ギャルが好みそうなオラついたマッチョ系パリピにしか見えない！」

……果たしてそれは、褒め言葉なのだろうか？

俺は普通に疑問に思った。

「ていうか、サングラスを着けても、強面は強面だ。女子をビビらせるだけだと思うぞ」

朝倉は俺の言葉に肩を竦めた。

本当に今日の朝倉はテンションが高い。

「普段サングラスを着けていたら、確かに怖さは変わらないけど、今いるのは海だぞ」

「確かに。海でなら、場の雰囲気的にサングラス着用の怖さっていうのは薄れるな」

朝倉の言葉を聞いた池《いけ》も、同意を示した。

「いつもと違う雰囲気の先輩も、素敵っす」

それから、甲斐《かい》がそう言って、俺を褒めてくれた。

海という場所では俺の強面も軽減されることは、海の家の店員さんの態度で既に何となく察してはいた。

だからと言って、いきなり声をかけても本当に怖がられないのだろうか？

そんな風に心配していると……、

「しかし朝倉。俺はナンパにあまり興味がないぞ」

やる気に満ち溢《あふ》れる朝倉に、唐突に池が言った。

「……え？」

池の言葉を聞いて、一瞬で真顔になった朝倉。

「あー、俺も。別に興味ないっすね」

その朝倉に、甲斐も続けて言う。

「ていうか俺は……冬華《とうか》に怒られるから」

無表情を浮かべる朝倉に、申し訳ないが俺もそう言った。

俺がナンパをしたら、俺と女子の二人にトラウマが植え付けられてしまうだけだろうし、出来ればご遠慮願いたい。

そんな俺たちの言葉を聞いて、朝倉は膝を折り、その場に蹲《うずくま》った。

そこまでショックだったのか。そう思いつつ彼を見守る。

それからしばらくして、朝倉は震える声を振り絞って言う。

「折角の高校二年の夏なんだ。部活ばかりじゃなく、池や友木みたいに……可愛《かわい》い女の子とイチャイチャして過ごしてみたいんだっ！」

澄んだ瞳をこちらに向けてから、朝倉は叫ぶ。

その切実な表情と声を聞かされて断れるほど、俺は冷酷になれない。

俺たち三人は互いに頷きあってから、蹲る朝倉に手を差し伸べたのだった。

☆

「よし、ターゲットはあの五人組の女子大生っぽいお姉さんグループだ」

上機嫌となった朝倉が、前方を指さして言った。

俺たちはその先を見る。

そこには、派手目な髪色とビキニの、俺たちよりも少し年が上そうな女子グループがいた。恐らく、全員が大学生と思われる。

そして全員の容姿が整っていて、池や甲斐といったイケメンは別にして、俺や朝倉のような高校生は相手にされないのではと思った。

「……行くぞ、野郎どもっ！　声をかける担当は池と甲斐。お姉さんたちと打ち解けたら俺の話しやすい話題に誘導してくださいお願いします！　友木《ともき》は横取りしようとする真夏の浮かれポンチ男どもを威嚇してくれ！」

良い根性をしている朝倉だった。

ウキウキして瞳を輝かせる朝倉に、俺たちなんて相手にされないんじゃ？　とは言えなかった。

池と甲斐と目を合わせ、渋々歩みを進め、彼女たちに近づいていく。

しかし、彼女らに声をかける前に、いかにもナンパ慣れしていそうな、浅黒い肌の男二人組が、先に声をかけていた。

「ああっ、くそ！」

嘆く朝倉だが、次の瞬間には女子大生グループからキツめのお返事をいただいたナンパ男二人は、即座に帰っていった。

それを見てガッツポーズをする朝倉に、俺は問いかけてしまう。

「……なぁ、朝倉。俺たちもああなる可能性が非常に高いんじゃないか？」

「俺一人だったら、即考えを改めたであろう。だがしかし、……こっちには今、池先生がいるんだぞ？」

それはそうかもしれないが、俺には一つ懸念があった。

その懸念を言葉にしないまま、池は女子グループに声をかける。

「こんにちは！　お姉さんたち、良かったら俺たちと遊びませんか？」

自然な笑みを浮かべる池。なんのヒネリもない、ドストレートな言葉だった。

「俺たち男だけで来てて、女の子がいないと、やっぱりむさくるしくて」

甲斐が言葉を続ける。二人の声掛けはあまりにもシンプルであり、ナンパ慣れしてそうなこの女子大生グループに、果たして刺さるだろうかと懸念していると……。

「はぁ、またナンパー？」

「いい加減ウザくなーい？」

池と甲斐の顔をろくに見もしないまま、二人がかったるそうに呟《つぶや》いた。

「てか、今度の子たち若っ！」

「もしかして君たち高校生？」

それぞれがかったるそうに呟く。

「そうっす、高校生っす。お姉さんたちは、大学生っすか？」

反応されたのが嬉《うれ》しかったのか、朝倉はそう問いかけた。

「そー、大学生デース」

「だから、お子様にはあんまり興味がないのでお帰りくださーい」

と、相変わらずこちらを見ないままの二人が言った。しかし、残りの三人のうち二人がこそこそと話している。

　耳を澄まし、聞いてみると……。

「……ねぇ、ナンパとかあんま興味ないけどさ……この二人超良いよね？」

「分かる。めっちゃイケてるし……」

　池と甲斐を見ながら、彼女らはそう呟いていた。

　その言葉を聞いたのだろう。これまでこちらを全く見ていなかった残りの二人も、振り向いて池と甲斐の姿を見た。

　最初は疑わしそうな表情だったが、池と甲斐の姿を見て、驚きの表情に変わり、それからしきりに前髪の位置を気にし始めた。

　それから、コホンと咳《せき》ばらいをして言った。

「いやー、私結構年下の男の子って、タイプなんだよねー」

「お姉さんたちと遊ぼっかー」

「やーん、君たち結構筋肉質！　ステキー」

「何か部活やってるのー？」

　クルリと掌《てのひら》が返された。

　それからの行動は迅速だった。池と甲斐が女子大生二人ずつに囲まれ、両手に花の状態になる。……もちろん、俺と朝倉は手持ち無沙汰になっている。

「一応、サッカーやってるんで」

「俺は特にはしてませんが」

甲斐と池が、戸惑ったような表情を浮かべて応える。

「なになに、照れてるのかなー？　結構可愛いジャーン♡」

それを見て、女子大生は大喜び。

そして……それに反比例するように、絶望の表情を浮かべる朝倉《あさくら》。

俺の懸念が当たってしまった。

確かに、池や甲斐といったイケメンがナンパに加われば、女子受けは良いのだろうが
……。

どうしても、今回のように相手の好意を全て持っていかれるというリスクがつきまとう。

事実、俺と朝倉はこうして放置され、彼女たちの眼中にないのだから。

俺は朝倉を慰めようとしたのだが――

「あたし、喉が渇いた。君、あっちの売店まで、ちょっと付き合ってくんない？」

池と甲斐に絡みに行っていない、最後の一人が俺に声をかけてきた。

そして、俺が答える前に、手を引き歩き始めた。

想定外の事態に動揺する俺。

まさか本当に、サングラス効果があるとは……。

そう思い朝倉を見ると、失望の眼差《まなざ》しを俺に向けていた。
……すまん、朝倉。申し訳ない気持ちでいっぱいだ。
そう思いつつも、俺はされるがままに手を引かれながら彼女の隣を歩くのだった。

4．ドキドキ

打ちひしがれていた朝倉を残し、少し歩いてから。

「キミさ、ぶっちゃけナンパとか興味ないっしょ？」

隣を歩く彼女が俺に、問いかけてきた。

「え。……まぁ、そうっすね」

なんと答えようか迷ったのだったが、意外なほど平然としていた彼女を見て、俺は正直に答えた。

「あたしも付き合いで海に来ただけだから。ナンパとか男とか、興味ないんだよねー」

「そうなんすか」

クールな表情で、彼女は言う。

「だから、あの場を抜け出せて助かった感じ？」

「あー、なるほど」

道理で。

ナンパする気満々の朝倉ではなく、強面《こわもて》かつテンション低めの俺に声をかけてきたのは、ナンパに興味がないことを察されていたからか。

それで、この人は俺をダシにして抜け出したのか。

「そ、だからサンキュー」

そう言って俺に流し目を向けてきた。

「いや、俺の方こそ助かったんで」

俺が答えると、彼女はぴたりと足を止めた。

釣られて、俺も足を止める。

「どうしたんですか？」

「とはいえ、ここまで興味なさそうにされると、私のプライドもちょっと傷つくかもなー」

揶揄《からか》うように俺を見上げ、彼女はそう言った。

「……はぁ」

「はぁ、じゃなくて。お姉さんの水着姿にドギマギしたり……そういうのが欲しいの」

「ナンパや男に興味がないんじゃ？」

俺の言葉に、彼女は悩ましそうな表情で人差し指を唇に当ててから、言う。

「揺れ動く乙女心、少年にはまだ分からない？」

「しばらく分かりそうにないですね」

と答えつつ、俺は内心ドキドキしていた。

普段から冬華や夏奈《かな》、真桐《まきり》先生といった美人に見慣れているものの、今隣にいる彼女も、かなりの美人だ。

布面積少なめのワンピース水着を纏《まと》う肢体は、当然のように均整の取れたスタイル。

暗めの赤茶色のミディアムヘアは耳下あたりで纏めていて、チラリと覗《のぞ》いているうなじに、思わず視線が吸い寄せられてしまう。

初対面の水着姿の女性に、こんな風に揶揄われてしまえば、緊張するのは当然のことだろうと思う。

彼女は俺の言葉に答えずこちらを見上げていた。

「確かに、男にもナンパにも興味はないけど……」

ニヤニヤと笑みを浮かべつつ、上目遣いにこちらを見た彼女は、続けて言った。

「……でも、君にはちょっと興味でたかも」

「は？」

「私、叶恋《かれん》っていうの。君の名前も教えてくれる？」

突然の言葉に、俺は状況を整理できず、

「友木……優児《ゆうじ》」

ただ、聞かれたことを答えていた。

「優児君、か。……ちょっとこっち来てもらえる？」

そう言って、叶恋さんは俺の手を引く。

「こっちには売店ないと思うんですけど」

問いかけると、彼女は悪戯《いたずら》っぽい笑みを浮かべてから、答える。

「ゆっくりお話をしようよ、って誘ってるんだけど?」

一体全体どうなっているのだろうか……?

何が何だか分からないまま、拒否することもできずにされるがままついていきそうになり——。

「あ、優児先輩! やっと見つけましたよーっ!」

「探したんだよ、優児君!」

背後から、聞き覚えのある声が耳に届き、俺は振り返る。

そこにいたのは、水着姿の夏奈と、水着の上からTシャツを着た冬華《とうか》の二人だった。

何でここに二人がいるのだろうか? 二人仲良く、海水浴に来ていて、偶然俺を見つけたのだろうか?

いや、俺のことを探していた口ぶりだった。

つまりは——どういうことだろうか?

「……誰?」

叶恋さんはそう呟き、俺と同じように不思議そうな表情を浮かべている。

その呟《つぶや》きが聞こえたのか、冬華と夏奈は俺から視線を逸《そ》らし、隣にいる叶恋さんを見た。

それから二人は俺が叶恋さんと繋《つな》いでいる手に視線を落とし、硬く冷たい声音で問いかけてきた。

「あれー、先輩？　さっきから気になっていたんですけど、その女の人は誰ですか？　まさか、私という超絶美少女な彼女がいるのに、海に来た解放感でナンパしちゃったとか、そんなことするわけないですよねー？」

「ねぇ、優児君。何度も言っているよね？　冬華ちゃんに飽きちゃったなら、私に声をかけてって？」

冬華は夏奈に煽《あお》られたにも拘《かか》わらず、視線はこちらに向けたままだった。

「もう一回聞くけど……誰、この子たち？」

突如現れた冬華と夏奈から視線を俺に戻し、隣の叶恋さんが混乱した様子で問いかけてきた。

その質問に対して俺が答える前に、

「ほとんど彼女です！」

と夏奈が言ってから、

「こっちはただのストーカーですが、私は彼の彼女です。……そちらこそ、誰ですか？」

冬華がひどく冷めた声音で言った。

夏奈の言葉と夏奈に対する冬華の言葉はともかく。

冬華は、『ニセモノ』の恋人ではあるが、その言葉に間違いはない。

「……マジ？」

俺の表情を窺《うかが》いつつ、呆然《ぼうぜん》とした様子で叶恋さんが問いかける。俺は彼女に対し、無言のまま頷《うなず》き、肯定した。

その反応に叶恋さんは「なるほど」と呟き、ゆっくりと頷いてから、

「なんだかメンドクサイことになりそうだから、私はここらで退散します、バイバイ！」

そう言って苦笑を浮かべた叶恋さんは、俺の手を速やかに離してから、颯爽《さっそう》と離れていった。

あっという間に、彼女の背中は人ごみに消えた。

冬華と夏奈の刺すような視線を現在進行形で受けている俺は、二人に問いかける。

「ところで、二人はどうして海に来ているんだ？」

「そんなことよりっ！　先輩は、何か私に言うことがありませんか？」

しかし、その答えを聞けないまま、冬華が口元に笑みを湛《たた》えつつ、冷たい視線を俺に送る。

『ニセモノ』の恋人だからこそ、自分以外の女子と一緒にいられるのは困るのだろう。誰かに見られでもすれば、その後のフォローをするのが非常に大変だろうことは、想像に難くない。

俺は冬華の心情を察し、一言謝ろうとするのだが……。

「優児君は冬華ちゃんに飽きちゃったんだから、浮気をされたのも仕方ないんだよ？」

と、夏奈が冬華を全力で煽った。

カチンときた様子の冬華が、硬い笑顔を浮かべながら言った。

「全く相手にもされないナツオちゃんに言われたくないんですけどー？」

冬華の言葉に、こめかみに青筋を立てながらも、簡単に挑発にはのらない。今日の夏奈は一味違うようだ。

深呼吸をしてからその言葉を無視して、俺を上目遣いに見る。

「優児君、私にも、何か言うことあるよねっ？」

はにかんだ様子で、手を後ろに組みながら夏奈は言う。

冬華とは違い、もう怒っている様子はない。

……まぁ、何を言いたいのかは察することが出来る。

夏奈は今、水着姿なのだ。

普段見せることのないその恰好《かっこう》に対して、コメントが欲しいのだろう。

夏らしく爽やかな、シンプルなデザインの白いビキニ。

彼女のイメージにぴったりだし、そのシンプルさ故に、テニスで鍛えられた綺麗《きれい》なボディラインが良く映えていた。

それにしても、水着だと余計に夏奈の胸元の主張が凄《すご》い……。

俺の視線は彼女の胸元に自然と吸い寄せられるが、ジロジロ見るのは悪い気がして、視線を無理矢理逸らす。

そのことに、夏奈が気づいたようで、彼女は恥ずかしがりつつ言う。

「……別に、ずっと見てても良いんだよ？」

「はい葉咲《はさき》先輩それセクハラですからっ！　私の素敵な恋人にそういう分かりやすい色仕掛けするのやめてくれます？」

夏奈の言葉に冬華はそう反応しつつ、「ていうか、先輩もデレデレしないでくれませんそ？」と小声で呟きながら、俺を睨《にら》んできた。

「というか！　葉咲先輩に言うことなんて何もないですから！　ね、先輩？」

続けてそう言った冬華。彼女は相変わらず俺を睨んでいる。余計なことは言うなよ、とその視線は物語っているが……。

「水着、似合ってる」

俺は、素直に夏奈の水着姿を褒めた。

思わず、目を奪われてしまうほど似合っていたのだから、仕方がない。

「もーー!!」

俺が夏奈の水着姿を褒めると、冬華が恨めしそうにこちらを睨みながら、怒った。

「……あ、ありがと。そんな風にストレートに褒めてもらえると思ってなかったから。すっごく……うれしい、かな」

えへへ、と照れくさそうに笑いながら、夏奈は言った。

「先輩、このストーカーのことはもう放っておいて。……私に、言うこと。あ・り・ま・す・よ・ね!?」

強い語調で言う冬華。

……素直に謝ろうとは思っていたが、ここまで強固な態度を取られると、俺もちょっとムキになる。

「そのTシャツ、似合ってるな」

「ふざけてるんですか？」

本気で苛立《いらだ》っている表情を俺に向ける冬華。

「すまん。……だが、決して浮気をするつもりじゃなかった。ただ、朝倉《あさくら》に頼まれたから、ナンパに付き合うのを断れなかっただけなんだ」

俺はサングラスを外してからそう言って、冬華に頭を下げた。

「……私という超絶美少女の彼女がいる先輩が、本気で他の女をナンパするとは思っていないですから、別にそれは良いんですけど」

冬華がそう呟いた。

俺の謝罪を聞いて、苛立ちはだいぶ収まったようだった。

「ただ、海に行くんだったら……私のことも、ちゃんと誘ってくださいよ」

プイッと顔を背けながら、「約束したのに、酷《ひど》いじゃないですか」と、冬華は寂しそうに、そう言った。

彼女のその言葉を聞いて、きっと最初から、見知らぬ女性と手を繋いでいたことに怒っていたわけではなく、約束を忘れられたのだと思い、それで怒っていたのだろうと気づいた。

朝倉に『女子には声をかけないように』と言われていたとはいえ、冬華には一言くらい約束のことも忘れていないことを告げてから来るべきだったと、俺は反省する。

「悪かった」

「……ちゃんと埋め合わせ、してくれるんですよね？」

いじけたように、冬華は俺に向かって問いかける。

「ああ、もちろんだ」

俺の言葉に、「しょうがないですね……」と冬華は溜《た》め息《いき》を吐《つ》いてから、

「今回は特別に、許してあげましょう！」

と、そう言って、俺の手を握って続けて言った。

「それじゃ、今から目いっぱい、遊びましょっか！」

冬華は、満面に笑みを浮かべる。

それから今度は、夏奈《かな》も俺の腕に自分の腕を絡ませてきた。

「あ、優児《ゆうじ》君！　私のことも、今度からはちゃんと誘ってね！」

夏奈の言葉に冬華が反応をして、また二人が言い合っているのを聞き流しつつ、俺は確信した。

——朝倉にこの状況を見られるわけにはいかないな、と。

☆

一旦池《いけ》たちと合流をするために、俺たちは移動をする。

歩きながら、俺はもう一度二人に向かって問いかけた。

「結局二人は、どうして海に来たんだ？」

まさか本当に偶然だったのだろうか、と考えていると、冬華が軽い調子で答える。

「乙女《おとめ》ちゃんに聞いたんですよ」

「竜宮《たつみや》に？」

冬華の回答を聞いて、どうして竜宮が俺たちが海に遊びに来ていることを知ったのだろうかと、疑問に思った。

「うん。朝倉君から春馬《はるま》にメールが届いた時、偶然竜宮さんと一緒に生徒会室にいたんだって。それで、朝倉君から男子だけで海に行こうって内容のメールがあったことを聞いて、色々と察したんだって」

夏奈がそう答えた。

「乙女ちゃんから、『不純異性交遊の可能性があります。冬華《とうか》さんは友木《ともき》さんのことが心配ではないですか？』ってメッセージがあったんですよ。……ちゃんと見張りに来て、正解でした」

冬華は胡乱《うろんげ》気な視線を俺に向けて、そう言った。

「ちなみに、私も竜宮さんから『会長と友木さんが道を踏み外さないように、手伝ってくださいませんか？』って連絡がきたの」

「なるほど……」

池は、竜宮に聞かれて、場所や時間を正直に教えたのだろう。まさか誘ってもない竜宮が来るとは思わなかっただろうし、鈍感な彼からすれば、ついてこられるという発想もわかなかったことだろう。

「先輩が不純異性交遊に手を染める前に見つけられて良かったです」

「そうだね、優児君はちゃんと反省しなくちゃダメだからね？」

両隣から、不満そうな声が聞こえた。

俺は決して道を踏み外しそうになったわけではないのだが、もう一つ疑問が生じた。

「それじゃ竜宮は今どこにいるんだ？」

俺の言葉に、冬華と夏奈が顔を見合わせてから苦笑をした。

どうしたのだろうかと思っていると、

「あ、見えました。あそこ、乙女ちゃんいますね」

冬華がそう言って指さした先には、不機嫌そうな表情で仁王立ちをする竜宮と、神妙な表情を浮かべて正座をする池がいた。

……何があったんだ？　と思いつつ二人に近づくと、竜宮が池に向かって説教をしていることが分かった。

「そもそも！　全校生徒の模範となるべき会長ともあろう方が、海で女性に軽々しく声をかけるだなんて……言語道断です！　反省をしてください！」

ぷんすか怒っている竜宮。

生徒会副会長として、会長に説教をしている体裁だが……、

「それに、あんな派手な風貌な女子大生に声をかけるだなんて……会長には同じ高校生で、もっと慎《つつ》ましい女性の方が相応《ふさわ》しいと思うのです！」

明らかに私情が入り込んでいた。

「乙女ちゃん、朝倉先輩たちがナンパしてた女子大生グループに割り込んで、無理矢理話をつけて引き離したんですよ」

「あの時の竜宮さん、凄かったね……」

冬華と夏奈がその時の様子を思い返したのか、再び苦笑を浮かべつつ言った。

なるほど、それでさっきまでいた女子大生グループの女性陣は、今は近くに見当たらないのか。

「ああ、悪かった。本来なら止めるべき立場なのは分かっていたのだが……断り切れなくてな。これも夏の海が解放的だからチクショウ！」

どうやら池は、未《いま》だにおかしなテンションのままのようだ。

「か、会長……？」

動揺を浮かべる竜宮。池に引いてしまったのかと思ったが、「なんだか今日の会長はいつもと雰囲気が違いますね……」と頬を赤く染めながら呟《つぶや》いた。

恋は盲目とはこのことだった。

「……良いでしょう。今回は大きな過ちもなかったようですし、このくらいで。ただし、今後はこのようなことがないように。くれぐれも自重するように、お願いします」

ふぅ、と溜め息を吐いた竜宮。

説教が終わったようだったので、俺は二人に声をかけることに。

「よう、竜宮」

俺が声をかけると、びくりと肩を弾ませてから、竜宮が振り返った。

「……友木さんですか。ごきげんよう」

俺を見てから、不機嫌そうに挨拶を返す竜宮。

彼女も、もちろん水着姿だ。

エレガントな印象を受けるビキニを身に着け、胸元にパレオを巻いている。

ほっそりとした腰や、長い手足を見て、スタイルが良いなと思うと同時に、胸にはやはりコンプレックスがあるのだな……と失礼なことを考えてしまう。

「会長には先ほど言いましたが。友木さんも、冬華さんというあなたにはもったいない、素敵な恋人がいるのですから。彼女が悲しむようなことをするのはやめてください」

厳しい口調で俺を窘《たしな》める竜宮。

その言葉を聞いて、瞳を輝かせる冬華。

「乙女ちゃんの言う通りですよっ！　私が悲しむようなことは、もうだめですからね？」

どうやら冬華の竜宮に対する好感度が上がったようだ。

「ああ、気を付ける。それで――甲斐《かい》と朝倉がいないようだが、二人は？」

俺の問いかけに応えるのは、竜宮だ。

「皆さんが声をかけられていた女子大生グループから引き離した後、少々小言を申しました。それから、二人で泳ぎに行かれましたよ」

「そうか。二人で泳ぎに行ったか……」

現実に心砕かれた朝倉は、本当に泳いでいるかもしれない。

もしかしたら懲りずに、甲斐を餌にナンパをしているかもしれない。

だが、どちらにしても。

繰り返しになるが、冬華と夏奈に挟まれている俺の現状を彼に見せるわけにはいかなかったので、少々ホッとするのだった。


【友人キャラの友人と後輩】


「くそう、すまない甲斐……。お前一人だけなら、いくらでも相手してくれそうなピチピチ水着ギャルがいるってのに、俺が足を引っ張っちまって……」

一人の少年が、悔しそうな表情を浮かべながら、震える声で言った。

その言葉を聞いたもう一人の少年は、苦笑を浮かべてから応えた。

「俺には今、憧れている人がいるんです。……ナンパで彼女を作ろうとは思ってないんで、声掛けくらいならいくらでも付き合うっすよ」

「……そうか、そういう奴《やつ》がいるのに、ナンパに付き合わせちまって、やっぱり申し訳ないな。……そろそろ、次で最後にしよう」

覚悟を決め、晴れやかな表情を浮かべるその少年の言葉に、もう一人の少年は頷《うなず》いた。

さて、次は誰に声をかけようか……。

少年が真剣な表情で周囲を見渡していると、彼の頭にボールがぶつかった。

「いてっ！……なんだ、ボール？」

少年がそのボールを拾うと、

「ごめんなさーい」

「大丈夫ですかー？」

と、可愛《かわい》らしい声が掛けられる。

そして、少年は閃《ひらめ》いた。

——これを機に、自然に女の子とお近づきになれるのでは？

振り返り、満面に笑顔を浮かべてから、少年は告げる。

「大丈夫っすよー。ていうか、良かったら俺たちも一緒に遊んでいいすかー？」

「ふぇ？」

「これって、もしかして……ナンパってやつですか？」

戸惑いが滲《にじ》む女の子の声。

それを聞いて、少年はここで初めて彼女らを正面から見た。

そして——『しまった』と声に出さないまま、そう思った。

隣に立つ少年は、表情を強張《こわば》らせているのに気づき、苦笑した。

「えー、どうしよっか?」

「うーん、でも優しそうなお兄さんたちだし……良いんじゃない?」

——やってしまった。

一人の少年がそう嘆き。

——やっちゃたな、この人。

もう一人の少年が、他人事《ひとごと》のようにそう思った。

しかし、この出会いが。

一人の少年の青春を大きく変えることになるのだった——。

☆

「それじゃ、これから何をしようか?」

池が皆に向かって問いかける。

しかし、誰からも提案はなかった。

「冬華は海とか結構来そうだけど、海って何しに来るものなんだ?」

話が進まないと思った俺は、冬華にそう聞いたが、

「私、あんまり海には来たことないんで分からないんですよねー。ナンパとかめっちゃウザそうで、イメージ悪いんですよぉ」

「……なるほど」

これが冬華じゃなければ、『自意識過剰だな』と言っていたかもしれないが、彼女ほどの美少女はやはり目を引くようだ。

今も近くを通りかかる男たちが冬華に視線を奪われている。ここに俺や池《いけ》がいなければ、きっとすぐに声をかけられていたことだろう。

そして、その男たちの視線を追えば、冬華だけでなく、夏奈《かな》や竜宮《たつみや》にも目を奪われていることに気づく。

……今更だが、俺を除いて美少女と美男子しかいないな、ここ。

「あっ！　それじゃ、ビーチバレーとか良いんじゃないかな？　ボール、あっちで借りられるみたいだし」

夏奈は売店の方を指さしてから、そう提案した。

ビーチバレーか……。

もちろん俺はやったことはないのだが、海で遊ぶ定番みたいなイメージはあるな。

「良いんじゃないか？」

「面白そうですね」

池と竜宮が好意的な返事をしたが、

「……うっわ、葉咲《はさき》先輩。ちょーあざとくないですかー?」

冬華《とうか》が、呆《あき》れたようにそう呟いた。

「え……? あざといって、どういうこと?」

夏奈が訳が分からないとでも言うように戸惑いを浮かべてから、そう問いかけた。

はぁ、と冬華が一つ溜《た》め息《いき》を吐《つ》いてから、答える。

「ボールを追いかけて揺れる胸を、優児《ゆうじ》先輩にアピールしたいだけでしょ?」

冬華が夏奈の胸元を、指さしながら言う。

俺はその指先に一度視線を向け、あまりのボリュームに視線を上げ、その時に丁度夏奈と目が合った。

咄嗟《とっさ》に胸元を隠そうとしたが、そうはしなかった。

恥ずかしそうな表情を浮かべつつ上目遣いに俺を見ながら、彼女は言う。

「べ、別に見せつけたいわけじゃないからっ! でも、さっきも言ったけど。優児君が見たいって言うなら……いくらでも見て良いんだからね?」

そう言われて、俺はさっと視線を逸《そ》らした。

視線を逸らした先で、冬華と目が合った。彼女はイラついたように、俺をガン見していた。

　冬華が何かを言おうと口を開きかけて……。

「痴女……」

　冬華が言葉を発する前に、竜宮が冷たい声でそう言った。

「た、竜宮さん!?　私そんなんじゃないから！　って、すごく怖いよ……？」

　夏奈が怯《おび》えるようにそう言った。

　俺は竜宮を見る。そして、なぜ夏奈がこんなにも怯えているのかが分かった。

　竜宮の瞳の奥に、暗い光が宿っていた。それは、全ての巨乳に対する憎しみと怨念が込められている。

　持たざる者が持つ者へ向ける羨望が、時を経て呪いへと変わってしまったのだろう……。

　無表情のまま胸元のパレオを指先で弄《いじ》る竜宮のその姿は意外と可愛い……わけがない。

　端から見ているだけだったが、普通に怖かった。

「うんうん、乙女《おとめ》ちゃんの言う通り、葉咲先輩は痴女です！」

　冬華が嬉《うれ》しそうに竜宮に言った。彼女に対する好感度がまたしても上がったようだ。

　しかし竜宮は、冬華の胸元と自分の胸元を見比べて、少し落ち込んでいた。

　……なんだかそれがかわいそうに見えて、俺は夏奈に向かって言う。

「悪い、夏奈。俺は意識して見ないようにしているけど……周囲の目もあるから。冬華みたいにTシャツとか、パーカーでも着た方が良いんじゃないか?」

周囲の男たちの目はもちろんそうだが、竜宮の目もある。

……流石《さすが》にそこまでは言えなかったが。

「ゆ、優児君がそう言うなら……。うん、分かった。ちょっとパーカー取ってくるねー」

そう言って、夏奈は少しだけ離れた場所に置いている荷物のところまで歩いて行った。

その背中を見ながら、冬華が俺の手を引いて、急《せ》かしたように言う。

「それじゃ先輩、私たちはボールを借りに行きましょう!」

「ん、ああ。そうするか」

池と竜宮にそのことを伝えると、

「そうか、頼んだぞ」

「お、お願いいたします」

爽やかな笑顔を浮かべて言う池と、その池を横目でチラリとうかがいながら、照れくさそうに言った竜宮。……二人きりになれて嬉しいんだろうな、分かりやすい。

それから俺は、冬華とともに売店に向かうのだが……。

どうしてか道を外れていった。

「いや、冬華。どこに行くんだよ? こっちには、何もないだろ」

俺がそう問いかけると、冬華は照れくさそうに俺を見てから、プイッと顔を背けて言う。

「い、良いじゃないですか。ちょっと先輩に聞きたいことがあるんです」

聞きたいこと？　別にどこで聞いても良いんじゃないだろうか……。

そう思いつつも、俺は文句を言わずに冬華について行く。

「ここら辺なら、良さそうですね」

着いたのは、人気のない岩陰。

こんな場所にいても、何もすることはなさそうだが。

「良さそうって言うのは……何がだ？」

俺の問いかけに、顔を真っ赤にして俯《うつむ》いた冬華。

何か変なことを聞いただろうか？　そう考えたが、答えはないままだ。

しばらくしてから、冬華は俺を真直《まっす》ぐに見据え、意を決したような表情を浮かべた。


それから、勢いよく着ていたTシャツを脱いだ。


「っ！……な、何してんだ、冬華？」

俺は見てはいけないと思い、咄嗟に顔を背けてそう言った。

……しかし、よく考えたら水着を着ているだけだろうし、別に背ける必要はないな。

そう思い、少し照れくさい気持ちを抱きながら、改めて冬華を見る。

見ると、シンプルな黒いビキニを身に着けた冬華が恥ずかしそうな表情を浮かべて立っている。

上気し赤くなった頬と、夏の日差しに照らされるその白い肌に、黒い水着が良く映えていた。

「似合っているな」

とりあえず、俺は思ったことをそのまま口にした。

「ホントですか？」

不安そうな表情で、冬華が尋ねてくる。

「ああ。なんて言えばいいのか分からないが……凄《すご》く綺麗《きれい》だと思う」

俺の言葉に、一瞬で顔を真っ赤にした冬華。

……あ、やばいな。

水着の女子に綺麗だというのは、セクハラ案件の可能性がある……！

「悪い、気にしないでくれ」

「べ、別に悪いことは言われてませんけど……」

もじもじした様子で、そう言う冬華。

結構気にしていそうな反応だった。

俺は気まずくなって、質問をした。

「ていうか、なんでTシャツを脱いで、水着姿を俺に見せてきたんだ？」

そう問いかけると、ぴたりと動きを止めてから冬華が言った。

「折角海にまで来たので、恋人の先輩に、私の水着姿を見てもらいたかったんですけど。……それって別に変なことじゃないですよね？」

笑みを浮かべつつも、その瞳は笑っていなかったし、声音も冷たかった。

何か怒らせるようなことを言ってしまっただろうか？

と思いつつ、もう一つ浮かんだ疑問を問いかける。

「それなら別に、ここまでくる必要はなかったんじゃないか？」

今度は、明らかにムッとした表情を冬華は浮かべた。

それから、視線を俯かせてから、ぼそぼそと小声で答える。

「別に、スタイルに自信がないわけじゃないですけど。もっと前から知ってたら、一昨日アイスを食べたりしなかったし、水着だって先輩と一緒に選びに行きたかったたし。……ていうか、下手なグラビアアイドルも裸足《はだし》で逃げだすあの人の隣で水着姿ってのが、ちょっと無理っていうか」

冬華は夏奈に比べられたくないようだったが、彼女のスタイルも、かなり良い。

……正直俺は、ドキリとさせられた。

しかし、女心的には、普段からテニスをして絞られているうえに、あの巨乳の持ち主である夏奈の隣で水着姿にはなりたくないとのこと。

つまり、竜宮が闇堕《お》ちするのも仕方がないということだ。

「……そもそも。先輩以外の人には、見せたくないですし」

……あざとい。

俺を惚《ほ》れさせることに徹底してるな。

彼女の言葉に照れくさくなってしまったのを悟られないように、俺は胸の内でそう思い、平静を保つ。

俺が無言でいると、心配そうに彼女が問いかけてくる。

「先輩に選んでもらうのが一番良かったんですけど、そんな時間もなかったので。……この水着、先輩に気に入ってもらえたら嬉しいんですけど、どうですか？」

自分の着ている水着を指さす冬華に、俺は答える。

「ああ、良いと思うぞ。さっきも言ったが、すごく似合っている」

俺の言葉に、冬華は安心したように笑みを浮かべてから言う。

「良かった。先輩、ブラックコーヒーばっかり飲むから、きっと黒色が好きって思ったんですよ」

「それは、浅はかすぎるだろ」

茶化すように言った冬華に、思わずツッコミを入れる俺。

「そうなんですよ。良く考えたら私、先輩の良いところはたくさん知っていますけど。先輩の好みとか趣味とかって、実はあんまりよく知らないので。……こんな浅はかなことしか、思いつかなかったんです」

優し気な笑みを浮かべ、冬華は続けて言う。

「だから、これからは。たくさん、先輩のことを知っていきたいです」

そう言ってから、照れくさいのか頬を赤く染めた彼女が、とても可愛《かわい》らしく見えた。

俺はそんな冬華にただ一言「そうか」と返すことしかできなかった。

……本当に、冬華はあざとい。

そう思いつつも、なんだかんだで嬉しいと思い、口元が緩むのは。

仕方ないことだろう――。

☆

それから予定通り、ボールを借りてから池《いけ》たちのところに戻り、しばしボールをトスし続けるだけのビーチバレーもどきをして遊んでいると、絶望した表情の朝倉《あさくら》と、気まずそうな顔をしている甲斐《かい》が現れた。

……俺は察した。

この様子だと、ナンパは失敗したのだろう。

俺は朝倉の隣で、彼の肩を優しく叩《たた》いた。

「いや、友木《ともき》先輩。これは……」

「お願いだ、甲斐！……何も言ってくれるな」

甲斐がフォローをしようと俺に何か言おうとしたのだが、それを突っぱねる朝倉。

よっぽど応えたんだろう。俺はしばらくの間、朝倉には優しく接しようと心に決めた。

甲斐はと言えば、複雑な表情を浮かべていた。

もしかしたら、自分ばかりがモテまくってしまい、朝倉に申し訳ないと思っているのかもしれない。

そんな負い目を感じる必要はないはずだが、こいつは優しい奴《やつ》だな。

そんな風に思っていると……、

「あ、お兄さんたちだー！」

「さっきは遊んでくれてありがとねー！」

「また連絡するから、遊ぼうねー」

と、そんな声が聞こえた。

朝倉が、びくりと肩を跳ねさせた。

そして、恐る恐る振り返る。

なんだ？　もしかして、ナンパには成功していたのか？

それならばなぜ、こんな絶望に打ちひしがれた表情をしているのか？

そう思い俺も、彼の視線につられて、その先を見る。

華奢《きやしや》な体軀《たいく》に、可愛らしい水着を身に着けた四人の女子……というか。

どう見ても10歳前後の女児が、そこにはいた。

「え……朝倉？」

「知らない子たちだなもしかして俺のことをからかってるのか？」

俺の問いかけに、朝倉はこちらに視線を合わせないまま早口でそう答えるが、

「えへへ、それじゃバイバーイ、よしとくーん！」

思いっきり朝倉の名前が呼ばれていた。

「おい、善人《よしと》」

「何も言うな、友木……っ！」

悔しそうな表情を浮かべ、朝倉は声を振り絞って言った。

……やっちゃったな、こいつ。

そう思いつつ。

朝倉のことだから、別に狙って彼女らをナンパしたわけではないのだろう。何かあったに違いない。

俺はそう察して、もう一度、彼の肩を優しく叩いた。

「ビーチバレー、やってるんだ。朝倉、良かったらトスの仕方を教えてくれよ」

俺の言葉に、彼は顔を上げる。

それから、「すまねぇっ……」と、目の端から一筋の涙を零《こぼ》す朝倉。

俺は無言のまま応じ、それから池たちのところに戻ろうとして……。

「え、朝倉先輩。……小学生をナンパしたんですか？」

「それって……大丈夫なのかな？」

「……見損ないました、朝倉さん」

軽蔑の眼差《まなざ》しを向ける女子陣。

特に、竜宮《たつみや》の向ける視線は鋭かった。

膝を地面につき、朝倉は悔し気に呟《つぶや》く。

「くっ……殺せ」

——まさか朝倉の口から「くっころ」を聞くことになるなんて、思わなかった。

俺はもう一度彼の肩を優しく叩きながらも、他人事《ひとごと》のようにそう思うのだった。

☆

それから、俺たちはビーチバレーや海水浴を楽しんだ。

あっという間に時間は過ぎ、青い海が夕暮れ色に染まっている。

そろそろ帰るか、という話になり、最後にスマホで記念撮影をしてから、帰ることに。

帰りの電車内では、ほとんど眠っていた。自分で思っていたよりも、よっぽど疲れてしまったようだ。

その後、それぞれの最寄り駅に向かうために電車を乗り換え、解散となった。

自宅に帰りつき、軽くシャワーを浴びてから、自室のベッドに身体《からだ》を沈めた。

目を閉じると、心地よい波の音が思い返された。

今日はもう寝よう。そう思い、微睡に沈みそうになるが——スマホの振動に、目を覚ました。

枕元に置いていたスマホを確認すると、先ほど誘ってもらったグループに、アルバムが登録されていた。

どうやら、竜宮が写真を撮ってくれたらしい。写真を見ると、明らかに池兄妹が写真に写っている比率が高く、ほぼ自分のために撮ったのだろうと察した。

最後に全員で撮った写真を見ると、こうして共有される思い出というものが、とても尊いものだと思った。

写真を見ながら余韻に浸っていると、突然画面が着信画面に切り替わった。

画面には、冬華《とうか》の名前が表示されていた。

「もしもし」

『こんばんは、優児《ゆうじ》先輩！　今、何してましたか⁇』

スマホ越しに、冬華のテンションの高い声が聞こえる。

「竜宮が送ってくれた写真を見てる」

『え？　乙女《おとめ》ちゃんが送った私の写真に見惚《みと》れてた？』

「難聴系敏感主人公気取りはやめてくれるか？」

『え、違いますけど……』

俺のツッコミに、冬華は冷静に応じる。

「お、おう……」

恥ずかしくてこのままスマホを放り投げて枕に顔を埋《うず》めたいと思っていると、

『私はほら、主人公じゃなくって～、優児先輩のメインヒロインなのでっ！』

と、甘ったるい声で冬華は言った。電話だから表情は見えないが、絶対にドヤ顔をしているなと確信できた。

「恥ずかしくならないか？」

『……きゅ、急にそんなローテンションで言われると、流石《さすが》に恥ずかしくなるじゃないですかっ！』

冬華はそう言ってから、コホンと一つ咳《せき》ばらいをした。

『今日は、楽しかったですね』

優しい声音が耳に届く。

「ああ、楽しかった」

『今回は途中参加でしたけど、今度はもっと早くから、一緒に海に行きたいです』

「そうだな。また、皆で行けたら良いよな」

冬華の言葉に答えると、『むっ』という、小さな呻《うめ》きが聞こえた。それから、少しの間が生まれた。

どうしたのだろう、何か気に障ることを言ってしまったか……？

「冬華……？」

俺の呼びかけに、冬華は電話口で大きく深呼吸をしてから、告げる。

『優児先輩は、皆で行きたいかもしれませんけど。私は、二人きりで海にデートに行きたいなって。そうお誘いしたつもりだったんですけど？』

冬華の言葉に、俺は呻きながら、「う、あ……そ、そうか……」と、肯定も否定もせず、呟いた。

俺の動揺に感づいているのか、『ふふっ』と楽しそうな声が聞こえる。

『あれ、先輩。もしかして……照れてるんですかぁ？』

その問いかけは、確信あってのことだろう。冬華のニヤケ顔が目に浮かぶ。

「……まぁな」

誤魔化さずに俺が答えると、

『実は私も、こんな風に本当のこと言うのはすっごく照れくさいんです。……今も心臓ドキドキしてますし。どうやら私たち、お揃《そろ》いですね？』

と、俺が照れたことに味を占めたのか、冬華は冗談だと丸わかりのことを言った。

「……ノーコメントで」

『わ、先輩酷《ひど》くないですかっ⁉』

「今日はもう疲れたんじゃないか？　俺もすっかり疲れて、眠たくなってきた」

俺の言葉に、冬華は答える。

『……そうですね、私も眠たくなってきました。もっとたくさんお話ししたいですが、今日は寝ましょっか』

「ああ、お休み」

『はい、おやすみなさいっ！』

冬華の言葉を聞いて、俺は通話を切る。

それからスマホを枕もとに放り、部屋の電気を切って目を閉じた。

先ほどの会話を思い出し、冗談って分かってても照れるもんだな……と、しばし悶絶《もんぜつ》することになるのだった――。

5. お見舞い

池《いけ》たちと海に遊びに行った翌日。

普段通り、暇を持て余していた俺は、読んでいた漫画の帯に記載されていた発行部数から印税額を逆算することに興じていたところ、スマホに着信があった。

俺は電卓から視線を離し、スマホの画面を確認した。池からの連絡のようだ。

「もしもし」

『優児か、悪いな急に。今電話をしても、大丈夫だったか？』

「ああ、大丈夫だ」

基本的に暇を持て余している俺は、池の気遣いに対しノータイムで答えた。

『それなら、丁度よかった。今から家に来てくれないか？』

想定していなかった言葉に、俺は少々緊張した。

「……珍しいな、どうしたんだ？」

俺はこれまで、友人の家に遊びに行ったことがない。

小学生の時、ナツオと遊んでいた時は外で遊んでいたし、それから高校に上がって池と仲良くなるまで、友人と呼べる相手は一人も出来なかった。

池も生徒会で忙しく、中々家に遊びに行く機会がなかった。

……友人の家に遊びに行ったこともないのに、真桐《まきり》先生とは互いの家を行ったり来たりしてるのは、なんだかおかしいな、と思い少し緊張がほぐれた。

『ああ、冬華が体調を崩したんだ』

「冬華が？　大丈夫なのか？」

池の言葉に、俺はすぐに問いかける。

『ただの夏風邪だ。昨日、はしゃぎ過ぎたんだろうな』

池は軽い調子でそう答えた。大事じゃないならそれに越したことはない、と思ってから、俺は池に向かって言う。

「……いや、冬華も俺の相手をするよりも、ゆっくりと休みたいんじゃないか？」

体調を崩しているのなら、何よりも安静にするのが一番だ。

『冬華のお見舞いには来てくれないのか？』

池の言葉を聞き、俺は納得した。

恋人が病気なら、彼氏としてお見舞いくらいしたいだろうと、池はそう思ったのだろう。

「……冬華が気をつかったりしないだろうか？」

俺の言葉に、池が電話越しに苦笑したのが分かった。

『それは、俺よりも優児の方が分かってるんじゃないか？』

池は即座に断言した。

きっと、恋人同士で気を使うことなどない、と思っているのだろう。

『というか、両親は仕事で家にはいないし、俺も用事があってしばらくしたら出かけないといけないんだ。酷くないとはいえ、一人にするのも心配だから……、冬華の看病を頼めないか？』

「……そういう事なら、分かった」

俺の答えに、池が明るい声で『そうか、助かる！』と言った。

『それじゃあ、メッセージで住所を送るから、確認してくれ』

「分かった。何時頃に着くか分かったらまた連絡入れる」

『ああ、頼んだぞ優児』

そう池が言ってから、「また後で」と俺は言い、通話を切った。

それから、すぐに池からメッセージが届いた。記載されているのは、住所と最寄り駅の名前だ。

乗り換えアプリで検索してから、どのくらいの時間がかかるのかを確認する。徒歩の時間を考えても、池の自宅に着くまで——30~40分程度か。

俺は身支度を整えて、部屋を出て、池と冬華の自宅へと向かうことにした。

☆

それから、40分後。

途中、コンビニでお見舞いとして購入したスポーツドリンクを引っ提げて、池から送られた住所に到着した。

俺は目の前の建物を見る。広い敷地の立派な一軒家だった。駐車場には、国産の高級車がとまっている。

池はもちろん冬華も育ちの良さがにじみ出ているが、やはり良いところに住んでるんだな、と建物の外観を見て納得をした。

恐る恐る、俺はインターホンを鳴らす。

向こうからこちらの様子が見えているのだろう、池が「優児か、今行く」と告げてから、すぐに扉が開いた。

「よく来てくれたな、優児。上がってくれ」

爽やかに笑いながら、池が言う。

「おう。冬華の体調は？」

彼の言葉に応じながら、綺麗《きれい》に整理整頓された玄関で靴を脱いで家に上がった。

「部屋で静かにしているが、どうなんだろうな？　優児が熱でも測ってやってくれ」

と、冗談っぽく言ってから、「部屋は二階だ」と、池に案内される。

「いい加減なことを言うなよ」

「俺が体調を聞いてもちょっとした風邪としか教えてもらえないからな」

池は苦笑してそう言った。

それから、3つある扉のうち、一番手前の扉の前に立つ。

「ここが冬華《とうか》の部屋だ」

そう言ってから、コンコンコン、と扉を3回ノックして、

「冬華、具合はどうだ？」

と扉越しに彼は問いかけた。

少し間が空いてから、

「別に」

と、普段よりも数段低いトーンの冬華の声が返ってきた。

別に、だけでは具合が良いのか悪いのか、判断がつかない……。

「そうか。俺はこれから出かけるから、部屋で大人しくしてろよ」

「はいはい」

「優児《ゆうじ》を呼んだから、万一体調が悪くなったら、頼りにするんだぞ」

「……は？」

池の言葉に、冬華が短く応じる。

それから、扉が僅かに開かれた。

「意味わかんないし、なんでそこで優児先輩の名前が出るわけ？　ていうか冗談でしょ？　マジウザ、てゆうかキモ……」

冬華が僅かに開いた隙間から、池を睨《にら》みつけながらボロクソに言った。

「冗談じゃないぞ。もう来てもらっているしな」

池はそう言ってから、一歩分、身を引いた。そこで、冬華が池の後ろにいた俺に気づいた。

「……え？」

冬華と目が合う。彼女は呆然《ぼうぜん》とそう呟《つぶや》いてから、すぐに扉を閉めた。

その様子を見た池は、苦笑を浮かべ、肩を竦《すく》めていた。

その後、扉越しに冬華の声が聞こえた。

「折角来てもらったところとても申し訳ないんですけど、帰ってもらっても良いですか？」

冬華の声は硬かった。

急に来られても迷惑だというのは理解できるし、会って風邪を移してしまったら申し訳ない、とも思っているかもしれない。

「いきなりきて悪かった。やっぱり迷惑だったよな。お見舞いに飲み物をもってきているから、これだけ置かせてくれ。良かったら、後で飲んでくれ」

俺はそう言い残して立ち去ろうと思ったのだが、池に肩を叩《たた》かれる。

「待ってくれ。冬華は優児が来たことが嫌で、こんなことを言っているわけじゃない。ただ、髪の毛はぼさぼさでセットをしていない上、いつもはバッチリと決めているメイクもしていない自分を見せるのが、恥ずかしいだけだ」

「はぁっ!? 意味わかんない、マジでムカつくんだけどっ！」

池の言葉に即座に反応して、扉を再び開けた冬華が言った。

不満そうな言葉を口にした冬華は、先ほどはそこまで気にしていなかったが、確かに普段よりも顔が赤く、辛《つら》そうに見えた。

「……先輩、クソ兄貴がウザいんで、私の部屋に入ってください」

扉を開き、渋々といった様子で俺を招き入れる冬華。

「それじゃあ優児。俺の可愛《かわい》い妹は、任せたからな」

「この状況でそういうこと言うか？」

投げっぱなしにもほどがある……。

俺はそう思いながら池に言うのだが、彼は爽やかに笑いながら、階段を降りていった。

そして、玄関の扉が開く音がして、どうやら外に出て行ったようだ。

――流れるように置いていかれた！

あまりの自然さに引き留めることも出来なかった。

池がいなくなり、俺は冬華の言葉に応じて彼女の部屋へと足を踏み入れた。

部屋の中はキレイに片づけられており、よく整理整頓がされていた。そして……驚くほど良い匂いがした。

「……あんまり部屋をジロジロ見ないでください、恥ずかしいじゃないですか」

冬華が頬を膨らませてからそう言った。

「ああ、悪い」

俺が言うと、冬華はクッションを俺に差し出し、「どうぞ、使ってください」と言う。

それを受け取って、「悪いな、使わせてもらう」と言ってから、その上に座る。

冬華は髪の毛を押さえながら、ベッドに腰かけた。

「さっきも言ったが、急に来て悪かったな。池がこれから出かけるみたいだったから、その間冬華の様子を見て欲しいって頼まれてな」

「あのバカ兄貴が大袈裟《おおげさ》に言っただけですから、そんなに心配しないで大丈夫ですから」

はぁ、と溜《た》め息《いき》を吐《つ》いて、冬華は言った。

だが、顔は赤いし、吐息も普段より荒いように見える。強がっているだけじゃないだろうか？

「熱は？……病院には行ったか？」

「37度ちょっとの、微熱です。頭がちょっとぼーっとして体がだるいですけど、頭痛もないので平気ですよ。病院に行って、薬ももらいましたし。出かけず部屋で大人しくしてればすぐ治る、ただの夏風邪だって言われました」

「そうか、それなら良かった。……俺のことは気にしないで、横になって寝ていてくれ」

「流石《さすが》に気になって眠れないですよ。……だって、悪戯《いたずら》されちゃうかもじゃないですか？」

冬華は、悪戯っぽくそう言った。

「安心してくれ、絶対にそんなことはしないから」

俺の答えに、「……絶対とか」と、つまらなそうに彼女は呟いた。

冬華としては、俺が動揺をするのを見たかったのかもしれないが、弱っている病人相手にそんなことをするのはありえない。……いや、弱ってなくてもそんなことしないな。

――それにしても、冬華はさっきからしきりに髪の毛を気にしている様子で何度も手櫛《てぐし》を通し、時折「はぁ」と溜め息を吐いている。

「……体調悪いんだし、髪の毛のセットもメイクもできないのは仕方ないだろう。そんなに気にする必要はないと思うが」

俺の言葉に、冬華は先ほどよりも深い溜め息を吐いた。

「突如恋人にボサボサ頭のすっぴんを晒《さら》してしまうことになった私の深い悲しみ、先輩には分からないでしょう……」

さっきのような軽い調子の揶揄《からか》うような言葉ではなく、割と本気で凹《へこ》んでいそうだった。

『ニセモノ』の恋人に見られたくらいで、と思うものの、美意識の高い冬華としては誰であろうと今のような『隙』を見せたくはなかったのだろう。

俺は冬華の気持ちを察して、

「心配するな。今日の冬華はいつもと雰囲気が違うが……可愛いと思うぞ」

俺の言葉に、冬華は「先輩……」と微《かす》かに呟いてから、

「それはそれで超ムカつくんですけど？　私が普段しているセットやメイクは、結局私というダイヤモンドのような美しさを秘める美少女の魅力を損なわせているだけの無駄な努力に過ぎないのだと、そう言いたいんですか？」

と、顔を真っ赤にしながら、早口にそう言った。

「もちろんそんなことが言いたいわけじゃないんだが……」

「じゃあ、一体どういう意味なんですか!?」

冬華の言葉に、俺は彼女を改めて見る。

普段と違い、髪の毛はボサボサ、メイクもしていない状態だが、すっぴんでも冬華は十分……人並み以上に可愛い。

普段のメイクで大人っぽく見せているからか、逆にノーメイクだと年相応に子供っぽく見えるが、そのせいで可愛らしく見えているのだろう。

というか、改めて見るとめちゃくちゃ肌が綺麗だし、唇も口紅を塗っているわけでもないのに、健康的で綺麗な色をしている。

やっぱり冬華は、かなりの美形なんだなと再確認した。

「……わ、分かりました、もう良いですから、ちょっと先輩黙っててください……」

再び、顔を真っ赤にして冬華は言った。

その様子に、俺は違和感を覚え、問いかける。

「……俺は今、口に出していたか？」

冬華はコクコクと頷《うなず》いてから、

「意識してなかったんですか？」

と、視線を背けながら問いかけてきた。

「ああ、自然と言葉にしていたみたいだ」

俺の言葉に、「先輩私のこと大好きすぎじゃないですか……？」と冬華は驚愕《きょうがく》を浮かべつつ言った。

「いや、客観的な意見だと思うけどな」

「……主観的な意見も聞きたいところです」

冬華はそう言ってから、ジィっと俺を見つめる。思わず本音を零《こぼ》してしまったわけだし、恥ずかしがるのも今更か。

「……普段はもちろん、少しだけ子供っぽい冬華も、どっちも可愛い」

俺は、照れるのを耐えながら、本音を口にした。

冬華はその言葉を聞いて、唐突に枕に顔を埋《うず》めた。

「大丈夫か、冬華。気分でも悪いのか？」

「先輩のせいですから……」

俺が冬華に可愛いと言ったせいで、気分を害してしまったのか……!?　と俺が焦っていると、

「子供っぽいって、あんまり思われたくないので、これからはそういうこと思っても、あんまり口にしちゃだめですからねっ……！」

冬華は、恨めしそうに俺を見ながらそう言った。

どうやら、子供っぽいと言われることが嫌だったようだ。

「お、おう。肝に銘じておく」

「分かればいいんです」

そう言って冬華は、ベッドに横になった。

やはり、しんどいんだろう。そう思いつつ。俺は彼女に問いかけた。

「何かしてもらいたいこと、あるか？」

彼女は「うーん、それじゃあ……」と少し考えてから、

「先輩に、私の好きなところを、ただひたすら言い続けて欲しいです」

と、ふざけたことを言った。

スルーしようと思ったが、もしかしたら大人しくなるかもと思い、答えた。

「そういうところも子供っぽくて可愛らしくて好きだな」

「はい、このゲームお終《しま》いです！　子供っぽいって言うのダメって言ったのに！」

冬華《とうか》は起き上がり、顔を真っ赤にしてそう言った。どうやら作戦は成功したようだ。

それから冬華は、ちらりとテレビへと目を向けてから言う。

「……折角部屋に来てくれてるんですし、一緒にゲームでもしませんか？」

「いや、大人しくしてろよ」

「大丈夫ですよ。本当に辛くないですし、寝てばっかりも飽きあきで、気分転換もしたいですし」

冬華はそう言ってから、テレビに1世代古い据え置きゲーム機を接続し始めた。やる気になっている彼女を止めるのもな、と気が引けて、

「それなら、少しだけな」

と、俺はそう言った。

「よし、準備できました！　それじゃあ、始めましょっか」

テレビにゲーム画面が表示される。ちなみに、ＯＰは即座に飛ばした冬華。

「先輩、このゲームやったことあります？」

「いや……ない」

冬華が起動したソフトは、誰もが知っているであろう、超有名な多人数対戦ゲームだ。初代が発売されたのが確か20年くらい前なので、このゲームのシリーズ作品を一度もやったことのない10代というのは、相当希少だと思われる。

「やる友達もいなかったからな」

俺の言葉に、冬華は複雑な表情を浮かべながら、

「こういうのって、ネットで対戦も出来るじゃないですか。友達と一緒にする以外にも、楽しみ方はあると思いますけど……」

「前提として、小さい頃は、ゲーム機を買ってもらえなかったんだ」

俺の親父《おやじ》は今でこそどうしようもないが、高校入学くらいまではとても厳格で厳しかった。ゲーム機を欲しいと思っても、到底買ってはもらえなかった。

「……それは、ちょっと嬉《うれ》しいかもです」

俺の言葉を聞いた冬華は微笑《ほほえ》みを浮かべながらそう言った。どういう意味だろうかと思っていると、

「ゲームセンターでぼこぼこにされたお返しが、ようやく出来そうなので！」

ニッコリと笑う冬華。

「……お手柔らかにな」

俺の言葉に、冬華は無言のまま強気な笑みを浮かべた。

1対1の設定をしてから、互いに操作キャラクターを選ぶ。

ゲームはあまり触れて来なかった俺でも、ほとんどが知っているキャラクターだった。

俺は超有名なゴリラのキャラクターを選んだ。

冬華も、超有名な緑の怪獣のキャラクターを選び、対戦が始まった。

ゲームは残機制で、相手を3回ステージアウトすれば勝ちだ。

俺は操作を確認しようとその場でボタンを押すのだが——冬華はすぐに攻撃を仕掛けてきた。反撃することもできず、俺はあっという間に3回ステージアウトして、敗北を喫した。

「あはは、ザッコー！　先輩雑魚すぎーー！」

冬華は楽しそうに、俺を煽《あお》ってくる。

「流石に引くほどつまらないぞ、冬華」

俺は冷静に答えた。すると流石に調子に乗りすぎたと自覚したのか、「次は操作を教えますから」とやや申し訳なさそうにそう言った。

再びキャラクターを選択し、ゲームを始める。そこで一通りの操作法を教えてもらってから、今度こそ正々堂々と対戦開始。

教えてもらった操作を駆使するものの、冬華の操るキャラクターに、ほとんどダメージを与えられない。

今度も、一度も冬華のキャラクターをステージアウトできないまま、敗北した。

「……結構やりこんでるのか？」

俺が素人というのを差し引いても、冬華は結構うまいのではないか？

「小学生の時は、兄貴や葉咲《はさき》先輩とよくやってました。中学校以降は、たまーに友達と遊ぶくらい、ですね。友達とは楽しく対戦できるんですけど、たまにやってたネット対戦では、上手な人には全く勝てない程度のレベルですね、私は」

冬華は得意げな表情でそう言った。俺を完封出来ていることが、とても楽しいのだろう。

彼女の言葉の通りならば、やはり初心者の俺のレベルが低すぎるだけなのだ。

「1回、このゲームの対戦動画見ても良いか？」

「別に良いですよ？」

俺はスマホ動画サイトを開き、ゲームタイトルを入力して検索した。大会なども開かれていたようで、その動画が多くあった。

その中でも、俺が使用しているゴリラのキャラクターの対戦動画を選び、再生する。

「……動きが全然違うな」

「どうやって操作してるんですかね？」

冬華も、俺のスマホを覗《のぞ》き見ながらそう言った。全く同意見だった。

「……上手《うま》い人の操作はイメージできたから、対戦をしてみよう」

いきなり同じように操作、というのは出来ないだろうが、さっきよりもマシには戦えそうな気がした。

「動画見ただけじゃ、上手くならないと思いますけどね～」

冬華はそう言ってから挑発的に笑う。

冬華の言う通りなのだろうが、とりあえずはやってみるだけだ。

お互いにさっきと同じキャラクターを選択し、対戦を開始する。

結果はもちろん俺の負けだったが、今回は冬華のキャラを一機落とすことが出来た。

「む、ちょっと操作に慣れてきたみたいですね」

余裕のある笑みを浮かべた冬華に、俺は答える。

「ああ、大体の技は理解した」

そして、もう一度対戦をする。

今回も負けたものの、冬華のキャラクターを二度ステージアウトすることが出来た。

「……上達早すぎじゃないですか、優児《ゆうじ》先輩？」

冷や汗をかいた冬華が、俺に向かって言う。

「次は勝ちたい」

俺が言うと、冬華は「本当に負けそうで怖い……」と慄《おのの》いてから、閃《ひらめ》いたように言った。

「次の対戦で負けた方は、罰ゲームで『何でも』勝った方の言う事を一つ聞くことにしませんか？」

冬華の提案に、俺は問いかける。

「何でもっていうのは、どんな範囲を想定しているんだ？」

流石《さすが》に大丈夫とは思うが、無茶苦茶な要求をされても困るし、こちらが勝った時もどんなことを言えば良いのか分からず、俺は冬華に問いかける。

「そうですね。どんなことでも良い、というのは止《や》めておきましょうか。……常識の範囲内で、相手に嫌がられるようなことじゃなければ『何でも』という事にしましょう。例えば……私の小さな時の写真やアルバムを見せてくれ、とか？」

これは俺が勝った時のお願いを指定されているのだろうか……。

「ちなみに、冬華が勝ったら何を言うつもりだ？」

「秘密ですよ。……でも、楽しみにしていてください」

うふふ、と冬華は笑いながら言った。

この様子だと、俺が負けた場合割と無茶ぶりをされてしまいそうだな……。

「良いだろう。だけど良いのか冬華？　徐々にステージアウトを増やしているし、順当に行けば、今度は俺が勝つことも、十分にあり得るが？」

冬華は、俺の言葉に対し、自信ありげに笑う。

「これまでの私が、本気を出していたとでもお思いですか、先輩？」

そう言って、冬華はピンク色の球体のようなキャラクターを選択した。

「このキャラクターが、私の本当の持ちキャラなんですよ？」

冬華の言葉に、どうして今回のタイミングで罰ゲームを提案したのか、理解した。

次は勝てるかも、というタイミングで提案することによって、俺が罰ゲームを断らない状況を創り出していたのだ。

何という策士。しかし、俺も簡単には負けられない。

そう思いつつ、俺はいつものようにゴリラを選び、対戦が開始された。

そして――。

俺は一機も落とさずに勝利した。

俺の操作が格段に良くなった結果というよりも、冬華がさっきまで使っていたキャラの方が、絶対に手ごわかった。

「……久しぶり過ぎてこのキャラの技が思い出せなかったです」

冬華は俯《うつむ》きながら言った。温存していたが故の失策だ。

策士策に溺れるとはこのことだった。

彼女は、はぁと溜《た》め息《いき》を吐《つ》いてから、

「さて、負けは負けです。しょうがないので、優児先輩は、一体どんなお願いごとを私にするんですか？　やっぱり、卒業アルバム見たかったりするんですか？」

冬華は、顔を赤く染めてそう言った。

「……そんなことより」

俺は、冬華の顔を間近で覗き込みながら、言う。

驚いたような表情を浮かべた冬華。

「ど、どうしたんですか、先輩……？」

不安そうに問いかける彼女を、俺はじっくりと観察する。

上気した頬、不規則に乱れる呼吸。

彼女は俺からゆっくりと視線を逸《そ》らしてから、その後見つめなおしてきた。

互いに目が合う。彼女はギュッ、と目をつむった。

それから俺は——彼女に触れた。

触れ合った場所から感じる体温は、想像していたよりもずっと——熱かった。

「ん、優児、先輩……？」

冬華は、戸惑ったような声を出していた。

俺は、先ほど右手で触れた冬華の額から手を離す。

彼女は真顔で俺を見ていたが……いつの間にか、普段のように笑う体力もなくなってしまったのだろう。

「冬華《とうか》、顔真っ赤だけど、熱が上がったんじゃないか？」

俺の言葉に、冬華は不思議そうに首を傾《かし》げてから、

「あー、そういうことか――……」

と、冷たい声音で呟《つぶや》いた。

「……別に、大丈夫ですよ」

そう言って溜め息を吐いた冬華に、俺は言う。

「念のため、体温は測ってくれ」

俺の言葉に、冬華はどうしてか不服そうな表情を浮かべつつも、大人しく熱を測ってくれた。

電子音が聞こえ、体温を確認すると、熱は37度半ばになっていた。

「……ほんのちょっとだけ、上がっちゃいました」

「ゲームはここまでだな」

大人しく寝ていてもらう必要がある体温だ、これ以上ゲームをすれば、更に悪化するかもしれない。

「悪かったな、冬華。一緒にゲームをして遊ぶのが楽しくて、体調を考えてやれなかった」

最後に俺が勝利していたのも、冬華の調子が悪かったせいもあるのだろう。口では冬華は「大丈夫」と言うかもしれないが、実際疲労はあったのだろう。

「私も楽しくて、ゲームしてる最中は全然辛《つら》くなかったですから、先輩は気にしないでください」

冬華はそう言ってから、大人しくベッドに戻り、横になった。

俺は彼女に布団を被《かぶ》せてから、言う。

「さっきの罰ゲームのことだが、決めた」

「何ですか？」

冬華は上目遣いに俺を見ながら、言葉の続きを待つ。

「今日は安静に寝て、早く体調を良くしてくれ」

俺の言葉に、

「そんなの、言われなくてもしますから！　他に、何かないんですか？」

と、冬華は苦笑して言った。

俺は「それなら」と前置きをしてから、

「体調がよくなったら、一緒にどこか遊びに行こう」

海に冬華を誘わなかった埋め合わせもしたいし、残り少なくなった夏休みを部屋で一人寂しく過ごすのも、もったいないと思う。

俺の言葉を聞いた冬華は、驚いたように目を見開いてから、俺の視線を避けるように、布団で顔を隠した。

「私も」

冬華はそう前置きをしてから、

「私も、ゲームで勝てたら『風邪が治ったらデートしてください』って、言うつもりでした」

と、続けて言った。

「……楽しみにしてますからね？」

それから、布団から目元まで出して、彼女は俺に向かってそう言った。

「俺もだ。だから……早く風邪、治してくれよ？」

俺の言葉に、冬華は「了解です」と呟いた。

しばらくして、冬華は静かに寝息を立てはじめた。

その後、池《いけ》が帰ってくるまでの間、俺は冬華の寝顔を眺めるのだった。

6．お手上げ

冬華《とうか》のお見舞いに行った翌日。

俺は冷房の利いた自室で、スマホで冬華と連絡を取り合っていた。

体調は大分良くなったようだが、微熱がまだ続いているらしい。

スマホを弄《いじ》らずに安静にして寝るように、とメッセージを送ると、

『先輩は早く私に良くなってもらいたいんですよね？』

『つまりは一刻も早く、私とデートしたいってことですよね??』

『先輩、私のこと好きすぎじゃないですかぁ～???』

と立て続けにメッセージが届いた。

これに返信をすると、冬華がまたメッセージを打つためにスマホを弄ってしまうなと思い、俺は既読スルーをすることに決めた。

それからしばらくして、再びメッセージを受信した。冬華が返事の督促のメールを送ってきたのだろうかと一瞬思ったが、違った。

差出人は、夏奈《かな》だった。すぐに通知画面をタップし、メッセージ内容を見る。

『明日の午後は、暇かな？　一緒に映画を観《み》に行ってほしいなー』

そういえば以前、一緒に映画を観に行きたいって言っていたな。

その時は、また冬華や池と一緒に行こうと答えたと思うが……。

それに、昨日冬華に向かって、一緒に出かけようと言ったばかりだった。『ニセモノ』の恋人の冬華に対して気を使いすぎているのかもしれないが、その舌の根も乾かない内に他の女子と遊びに行くのは、少々申し訳ない。

俺にとって夏奈は大切な友人だから、一緒に映画に行きたいと思う気持ちと、一緒に出かけようと約束した冬華を放って遊びに出かけることに対して申し訳なく思う気持ちがせめぎ合う中、ふと本日の日付を確認して、俺の過去の記憶がおぼろげながら蘇《よみがえ》る。

もしかして、明日は——。

俺は、少しの間逡巡《しゅんじゅん》してから、夏奈に返事を送る。

『ああ、いいぞ』

夏奈からは、すぐに返事が来た。

『やった！　あ、明日は二人っきりだから、絶対に冬華ちゃんとか、春馬《はるま》とか、とにかく他の人に声をかけちゃ、ダメだからねっ！』

という内容のメッセージだった。

『ああ、分かった』

『それなら、良いんだけど…』

と送られてきてから、明日の集合場所と時間が送られてきた。

それを確認したことを、俺はメッセージで伝える。

スマホをスリープにしてから、俺はかつて、ナツオと過ごした夏の日のことをしばしの間思い出した――。

☆

そして、翌日。

映画館のある最寄り駅に、俺はいた。

そこは、初めて冬華とデートをした際に待ち合わせに使った駅だった。

俺は待ち合わせ時間より少し早めに到着していた。

まだ、夏奈は待ち合わせ場所に着いてはいない。

ポケットからスマホを取り出し、適当なニュースサイトで面白おかしい記事を探し、時間を潰すことにする。

そして、夏奈を待つこと数分。

……突如、俺の視界が真っ暗になった。

「だーれだ？」

それから、弾んだ声が耳に届いた。

……俺にこんなことをする女子は、冬華か夏奈くらいだ。

今は夏奈との待ち合わせ中だし、そもそも二人の声を聞き間違えるわけもない。

「夏奈」

だから俺は、すかさずそう答えて、目元を覆う手を摑《つか》んでから、後ろを振り返った。

そこにいたのは、予想通り夏奈だった。

俺が言い当てたのが意外だったのだろうか？

夏奈は驚いたような表情を浮かべつつ、顔を赤くしてから言った。

「せ、正解……。私でしたー」

「なに驚いてるんだ？　そんなに、俺が言い当てたのが意外だったか？」

「いや、えと。その……」

夏奈はもじもじとしながら視線を逸《そ》らした。

照れてるのか？　どうして？

そう思いつつ、彼女の視線を追う。

そして、彼女がなぜ照れているのかを、察した。

「ゆ、優児《ゆうじ》君がいきなり手を握ってきたから。……私は、ドキドキしちゃったんだよ？」

俺は、無意識のうちに夏奈の手を握ったままだった。

上目遣いにこちらを窺《うかが》う彼女の視線を受けて、

「悪い」

そう言ってから手を離そうとするのだが、今度は逆に、夏奈にがっちりと手を握られてしまった。

「今日はこのまま……手を繋《つな》いで、デートをしよっか？」

はにかんだ笑みを浮かべながら、甘えた声で夏奈は問いかけてくる。

「……暑いし、勘弁してくれ」

俺は彼女の言葉に照れたのを悟られないように、声を硬くしてそう言う。

「暑くなかったら、手を繋いでも良いの!?」

「暑くなくても勘弁してくれ」

揚げ足を取る夏奈に慌てて答えてから、少し強引に彼女の手から逃れた。

「っ！　もう、優児君の意地悪っ！」

そう言って、俺に非難の声を浴びせる夏奈。

「とりあえず、映画館に行くか」

夏奈の言葉をスルーして、俺は言う。

「……そうだねっ！」

どこか不満そうな表情ながらも、俺の言葉に頷《うなず》く夏奈と、目的の映画館に向かった。

☆

そして、数分後。目的地の映画館に辿《たど》り着いた。

夏休みだからだろう、館内はとても混雑していた。

「優児君。とっても混んでるし、はぐれないようにするためにも、やっぱり手は繋いだ方が良いんじゃないかな?」

ここぞとばかりに夏奈がアピールをしてきた。

「大丈夫。夏奈のことを見失わないように、ちゃんと見ているから」

俺がそう言うと、彼女は「えっ……!?」と呟《つぶや》いてから、両頬に手を添えて、悶《もだ》えた。

どうしたのだろうか、と俺が眺めていると、

「私のこと、ずっと見てる、って。……なんだか、今日の優児君、積極的だねっ」

嬉《うれ》しそうにそう言った。

そういうつもりで言ったのではないが……まぁ、良いか。

軽はずみにツッコミを入れてしまえば、また勘違いが深まりそうな気がする。

「……それで、何か観たかった映画があるのか?」

未《いま》だに悶える夏奈に、俺は問いかける。

すると、俺の言葉を聞いて正気に戻った彼女が、「うん」と頷いてから、一枚のポスターを指さした。

「これ、一緒に観たいなって思って」

それは、人気小説が原作の恋愛映画だった。

この作品は原作も漫画版も読んでいたから、実は気になっていた。

「俺もこれ観たかったんだ。良いぞ」

そう答えると、夏奈がなぜだか呆《ほう》けた表情を浮かべた。

「……俺、何か変なことを言ったか？」

「え？……こういう映画は、一緒に観てくれないって思ってたから、意外だなって」

その言葉を聞いてから、確かに恋人でもない男女で観るような映画ではないかもしれないなと思い、夏奈が呆然《ぼうぜん》としたのにも納得した。

「……今日の優児君、押したら本格的にイケるんじゃないかな？」

と、夏奈はぼそりと呟いた。

違うのを観よう、と提案することもできたが、それはそれで意識しすぎな気もして、やめた。

結局、俺たちはその恋愛映画のチケットを購入し、そのあと売店で飲み物を購入してから、劇場に入った。

幸いなことに、周囲に人は少なかった。

公開から既に数週間ほど経過し、作品や出演者の熱心なファンは大方観終えているからだろう。

「楽しみだなぁー、優児君と観る、恋愛映画っ♡」

そう言ってから、俺の肩にしなだれかかってくる夏奈。

くらりとくる甘い香りがふわりと漂い、俺の鼻腔《びこう》をくすぐった。

……これ、映画を観ている最中にされたら、集中できないかもな。

そう思って、俺は彼女の頭を押し返しながら、言う。

「映画を観ている最中は、こういうの禁止な」

「分かってるよー」

だらしなく笑いながら、夏奈は言うのだが……本当に分かってるのか、疑わしい。

そんな風に思っていると、室内の照明が落ち、公開時期の近い作品の宣伝映像が流れ始めた。

それからしばらくすると、見慣れた映画泥棒がスクリーンに映り、いよいよ映画本編が始まった。

この恋愛映画の題材としては、「SF×青春×恋愛」であり、良く言えば王道で、悪く言えばありきたりな話だ。

しかし、こういうストレートな恋愛が、俺は嫌いではない。

原作、漫画を購読済みではあるが、それでも役者の演技、各音響効果や映画ならではの演出によって、次第に物語に没入していくのだが……。

不意に、隣に座る夏奈《かな》の手と俺の手が触れ合った。

ちょっと手が邪魔だったろうか？　そう思いさっと避けたのだが、またすぐに夏奈と手が触れ合った。

……これは、わざとやっているな。

俺はそう気が付いたが、放っておくことにした。

変に反応して手を引っ込めたとして、それで夏奈が俺にちょっかいをかけるのをやめるとは思えなかった。

エスカレートして、さっきのようにしなだれかかってこられたら、それこそ映画に集中できなくなってしまう。

実際、俺の考えは正しかったようで、夏奈は手を触れ合う以上のことはしてこなかった。

——そして、物語は終盤に差し掛かった。

主人公とヒロインが互いの胸の内を吐露し、そして互いの未来を選択するシーンで、俺は思わず拳をギュッと握りしめながら、見入っていた。

「えっ……？」

隣に座る夏奈が、動揺したような声を漏らした。

主人公とヒロインの選択に、彼女はもしかしたら納得ができなかったのかもしれない。

夏奈がこのシーンを見て、どんな風に思ったのか。

後で存分に、語り合おうと思いつつ、ラストに向かう物語を一瞬たりとも見逃さないようにと、俺はスクリーンを見つめ続けた。

☆

——画面には、エンドロールが流れていた。

俺の胸には爽やかな喪失感と、言い表せない満足感が同時に宿っていた。

そして、良い物語だったと。

観《み》てよかったと、そう思った。

エンディングが終わり、明りが照らされると、観客は席を立ち始めた。

多くの人が「良かったね」と言い合っていたが、中には席に座ったまま、すすり泣いている人もいた。

感動をして、泣いているのだろう。

俺は隣の夏奈を見る。

彼女も、顔を真っ赤にし、両目いっぱいに涙を溜《た》めていた。

「……映画、良かったな」

俺は夏奈を見てから、そう告げた。

すると、彼女は顔を俯《うつむ》かせてから、どうしたことかふるふると、首を横に振った。

「え？……気に入らなかったのか？」

それほどまでに主人公の選択が受け入れられなかったのか？

涙が出るほど、無理だったのか？

俺が動揺を浮かべていると、夏奈はまたしても首を横に振る。

それから、震える声で彼女は呟いた。

「……優児君のせいで、映画の内容を全然覚えてないんだよ」

「俺のせい？　悪い、どういうことだ？」

わけが分からず、俺は問いかける。

すると、夏奈は涙にぬれた瞳で俺の表情を覗《のぞ》き込みながら、ピシッと、とある一点を指さす。

「……優児君さ、終盤の雰囲気の良い、感動的なシーンで、私の手をギュッと握りしめてきたでしょ？　だから、それでドキドキして……頭が真っ白になっちゃったの！」

……夏奈が指さす場所に目を向ける。

俺の手が、彼女の手をがっちりと握っていた。

あの時からか……。困ったことに、心当たりがあった。

映画の内容に夢中になっていて気が付けなかったが……どうやら俺は、とんでもないことをしていたらしい。

「えと、優児《ゆうじ》君。……冬華《とうか》ちゃんとちゃんと別れてくれるんだったら、私はいつでも大歓迎なので」

夏奈は、俺と繋いだ手をギュッと握りしめてから、瞳を伏せて、切なげな声で呟いた。

そんな夏奈の様子を見てから、俺は誠心誠意、そういうつもりじゃないと説明をしたのだが——。

残念なことに、夏奈は俺の言うことを決して信じてはくれなかった。

☆

映画館を後にしてから、俺たちは一度ファーストフード店に入った。

飲み物だけ注文して、二人掛けの席に向かい合って座る。

先ほどから上機嫌でニコニコした表情を浮かべる夏奈に、俺は一応、さっきまで見ていた映画の話を振ってみた。

「映画、面白かったな。誘ってもらってよかった」

「私も、優児君と映画を観られてよかったかな。内容は、優児君のせいで全然覚えてないけど」

ご満悦な夏奈。

それから、彼女は俺の足に、自分の足を絡ませてきた。

足をひいて逃れようとするのだが、彼女はそれを追って、触れ合おうとしてくる。

いつにもまして積極的だな、と思ったが……それは俺のせいでもあるので、何とも言えなかった。

俺はコーヒーを飲みながら、問いかける。

「まだ時間あるし、どこか行きたいところあるか？」

「うん。テニスウェアを見てみたいから、スポーツショップに行っても良いかな？」

俺の言葉に頷《うなず》いてから、夏奈はそう言った。

「ああ、問題ない」

「それじゃ、一緒にショッピングだね」

にへらと相好を崩し、夏奈は幸せそうに言った。

ただ一緒に買い物に行くだけなのに、そんなに喜ばれると、俺も照れてしまう。

それを顔に出さないように、俺は無表情を装って「おう」と相槌《あいづち》を打つのだった。

☆

そして、近くのスポーツショップに移動した。

テニスの専門店らしく、ラケットやテニスシューズなどの品揃《しなぞろ》えが豊富だった。

「テニスウェアが見たいんだよな？」

ご機嫌な様子の夏奈に、俺は問いかける。

彼女は、大きく頷いた。

それから、ウェアが取り揃えられているコーナーで立ち止まる。

「優児君に、選んでもらいたくって！」

と、明るく言った。

「俺が選んだものより、自分が気に入ったものを買った方が、良いと思うが」

俺が言うと、夏奈は不服そうにしたが、その後に閃《ひらめ》いたように、手を叩《たた》いた。

「それじゃ、私が気に入ったいくつかのウェアを見てもらうから、その中で優児君が一番良いって思ったのを買おっかな！　なんだか、デートっぽいし！　ね？」

ね？　と言われても……、「そうだな、デートっぽいな」とは流石《さすが》に言えない。

「それじゃ、早速選ぼっか！」

楽しそうに言ってから、夏奈はテニスウェアを見ていく。

気になったものはすぐに引っ張り出して、

「これとか、どうかな？」

自分の身体《からだ》に重ねて、俺に問いかけてくる。

明るい色のウェアで、夏奈に良く似合うなと思った。

「ああ、良いんじゃないか？」

「ホント？　それじゃー、こっちは？」

今度はそう言って、淡い色のウェアを見せてくる。

「似合うんじゃないか？」

「えへへ、それじゃ……こっち！」

今度は暗い色のウェアだ。

これまでのより、大人っぽい感じだ。

「そういうのも、アリだな」

「ホント？　嬉《うれ》しいな。……って！」

そう言ってから、夏奈は目尻を吊《つ》り上げて、口調を硬くして言ってきた。

「なんか優児君、適当に言ってないかな？」

ムッとして、頬を膨らませる夏奈に、俺は言う。

「いや、思ったことをそのまま言っている。夏奈はスタイル良いから、基本的になんだって似合うな」

俺の言葉に、プイと視線を逸《そ》らしてから、夏奈は問いかけてきた。

「……それなら、今までのだったら、どれが一番良かった？」

「俺としては、最初に見せてきた、明るい色のウェアが良かったな」

俺の言葉に、夏奈はラックに掛けたウェアを手に取って、掲げてきた。

「これ？」

「そう、それだ」

「……ちょっと、試着してみるから、ついてきてもらっても良い？」

「ああ、いいぞ」

夏奈は試着室へと向かい、俺もその後について行った。

靴を脱いで試着室に入り、カーテンを閉める前に、

「覗いても、良いからね？」

とベタなことを言う夏奈。俺は無言のまま首を振り、

「早く着替えてくれ」

と答えると、彼女は不満そうな表情をしたものの、カーテンを閉めた。

それから数分後。

試着室に入った夏奈《かな》が、着替えを終えて出てきた。

「どう……かな？」

どこか照れくさそうな表情を浮かべて、彼女は俺に問いかける。

明るい色のウェアが、夏奈の華やかな容姿を引き立てており、とてもよく似合っていた。

「良いと思う。似合っているぞ」

俺がそう言うと、夏奈は柔らかく笑ってから、

「ありがとっ。……それじゃ私、早速だけどこれに決めたよ！」

「まだ来たばかりだし、もっと色々見ても良いんじゃないか？」

俺がそう問いかけると、悪戯《いたずら》っぽく彼女は笑う。

「私の色々なテニスウェア姿を、優児君は見たいのかな？」

「……そういうわけじゃないから」

俺の答えに、満足したように笑ってから、

「それじゃ、私着替えるから！……覗いても、良いからね？」

と、夏奈は揶揄《からか》うように、俺に向かって先ほどと同じことを言った。

今度はその言葉を聞こえなかったことにして、

「テキトーに店の中をうろついておくから」

そう言ってから試着室を離れ、店内をぶらつくことにした。

後ろから何か夏奈に言われたような気もするが、気にしない。

そして店内を適当に見て回るのだが、困ったことに俺は別にテニスをする予定がない。ラケットを握って「思ったよりも軽いな……」とか、テニスシューズを手に持ってから「結構軽いな……」等呟《つぶや》く。テニス用品の軽さに感心するだけの謎の時間を過ごす。

それから、今度は小物類が置いてある棚の前に立つ。

目に入ったのは、リストバンド。

普段走ることも多いし、あったら便利かもな。そう思っていると、

「優児君、リストバンド欲しいの？」

後ろから、先ほどのウェアを買い物かごの中にいれた夏奈に声をかけられた。

「特に欲しいわけではないが、あったら便利そうだと思ってな。夏奈は、テニスをしている最中は着けたりしているか？」

「うん、着けてるよ。いくつか持ってて、ローテーションして使ってるの。……あっ、これ可愛《かわい》いかも！　試合中に見たら、元気でそう」

そう言って、夏奈は棚から一つのリストバンドを手に取った。

オレンジ色のタオル地に、にっこり笑っている顔のマークが刺繍《ししゅう》されている。

「気に入ったんなら、買ったらどうだ？」

「うーん。でも、今日はテニスウェアが目的だったし。また今度きた時に考えるよ」

夏奈は手にした商品を、丁寧に棚に戻した。

「それじゃあ、他に見るものは特にないのか？」

「うん。今から、レジに持っていくよ」

そう言ってから、彼女は店内中央にあるレジへと向かった。

俺はそれを見届けて、先ほど夏奈が見ていたリストバンドを手に取り——。

☆

「優児君、今日はありがとっ！　すーっごく、楽しかったよ」

スポーツショップを後にしてから、夕食を二人で食べ。

帰りの電車を待つ、駅のホームで夏奈が俺に向かって言った。

「ああ、俺も楽しかった」

俺が答えると、彼女は満面に笑みを浮かべてから、

「そう言ってもらえて、嬉しいなっ！……今日選んでもらったテニスウェア、今度応援に来てもらった時に着るから……楽しみにしててね？」

俺に向かってそう言った。

その言葉に一度頷いてから、「ところで」と前置きをする。

夏奈は首を傾《かし》げて、俺の続く言葉を待った。

「今日って、夏奈の誕生日だよな？」

「……え？　え、そうだけど。……どうして知ってるの!?」

夏奈はその言葉を聞いて動揺を浮かべてから、俺に向かって尋ねた。

「ああ、やっぱりそうだったか。……昔、ナツオから聞いていたから覚えていた」

彼女と過ごした、小学生の頃の夏のこと。

いつも、誕生日の前には自宅に帰っていたナツオから、前倒しで誕生日プレゼントが欲しいと冗談半分でアピールされたことが何度かあった。

俺はそのことを、覚えていたのだ。

「そうだったっけ？……そうだったかも。やだ、凄《すご》く恥ずかしい。でもそれよりも……すっごく、嬉しい、かな？」

顔を真っ赤にしてから、夏奈は俯《うつむ》いた。

「で、でも！　そんな何年も前のこと、よく覚えてたね？」

顔を上げてから、瞳を輝かせて夏奈は問う。

……池《いけ》と出会うまでは、『ナツオ』が、俺にとっての唯一の友人だったから。

だから俺は、彼女の誕生日のことを、寸前で思い出せたのだろう。

「まあ、たまたまだけどな」

顔を赤くしたまま、夏奈は俺を見つめてくる。なんだか照れるな、と思いつつも。

「というわけで、誕生日おめでとう」

俺はポケットから小さな包みを取り出して、それを渡した。

「え？」

と、呆《ほう》けた表情をしながら、それを受け取った夏奈。

数秒、何が起こったのか分からないといったような表情を浮かべてから、彼女はぽつりと呟く。

「えと、中を見ても良いですか？」

「ああ。気に入るとは思う」

俺が頷《うなず》くと、彼女は包みを開く。

それから、中に入っていたリストバンドを見て、目を見開いた。

「これ……いつの間に、買ってくれたの？」

先ほど、スポーツ店で夏奈が可愛いと言っていたリストバンドだ。彼女からしてみれば、確かにいつ買ったんだろう、と思っただろう。

「夏奈が会計を済ませていた時、別のレジで」

堂々と買うのもなんだか照れくさくて、こっそりと買っていた。

夏奈が年の近そうな若い女性の店員さんと話をしていたため、気づかれずに買えてよかった。

別れ際のこのタイミングで渡すことになったが……。

「ありがとっ、優児君《ゆうじ》。……すっごく、嬉しいなっ」

そう高い買い物ではなかったが、喜んでもらえて良かった。

そう思っていると、両手でちょこんとつまんだリストバンドで口元を隠しつつ、彼女は告げた。

「でも、優児君はすっごく悪い男の子だ。……私の気持ちに応えてくれないくせに、これ以上惚《ほ》れさせて、どうするつもりなのかな？」

どうするつもりも何も、俺はただ、友人の誕生日を祝いたいと思っただけだ。

……そのせいで、彼女を傷つけたのだとしたら。

確かに俺は、悪い奴《やつ》なのだろう。

そう思い、俺が言葉を発しようとすると、夏奈が俺の口を片手でふさいできた。

何のつもりだろうかと、俺は視線で彼女に訴える。

すると、夏奈は優し気で、それでいてどこか艶《あで》やかな視線を俺に向けながら、口を開いた。

「今は、『好きだから』って返事以外……聞いてあげないからね？」

大人びた表情で囁《ささや》く彼女の言葉を聞き、綺麗《きれい》だなとドキリとする。

しかし、彼女が求めるように、好きだからと答えるわけにもいかず。

——口をふさがれた俺は、大人しくお手上げをするしかないのだった。

7. デート回

「お待たせしましたー、先輩っ！」

「いや、俺も今来たところだ。気にするな」

夏奈と出かけた二日後。

夏風邪も治り、すっかり元気になった冬華《とうか》と一緒に、ショッピングモールに出かけていた。

モール内の待ち合わせ場所に数分ほど早くついていた俺を見つけた冬華が、小さく手を振りながら駆け寄ってきた。

「出ましたね……男子高校生が一度は言ってみたいセリフランキング堂々の第一位！　本当は私とのデートがすっごく楽しみで、早く到着してたんですよね？」

早速のウザがらみに、苦笑をしながら俺は答える。

「そういうわけではないが」

「そうですか？　私は、久しぶりの二人っきりのデートなので……楽しみだったんですけど？」

俺の言葉に、冬華は肩を落とし、それから俺に問いかけた。

この質問の仕方はズルいなと思いつつ、俺は答える、

「いや、俺も楽しみじゃなかったわけでは……」

「つまり、楽しみだったと？」

冬華は俺を上目遣いに覗《のぞ》き込みながら聞いてくる。

「……まぁ、な」

「優児先輩……」

俺の答えに嬉《うれ》しそうに笑顔を浮かべた後、

「相変わらず、チョロいですっ！」

冬華は悪戯《いたずら》っぽく笑いながら、そう言った。

「……それで、今日はどうしてここに来たかったんだ？」

下手に反応すると、冬華が更に調子に乗ることが目に見えていたため、俺はスルーして、
問いかけた。

揶揄《からか》いの言葉がスルーされたことを気にした様子のない冬華が、

「今度、花火大会行くじゃないですか？　その時に、先輩好みの浴衣を着て、惚れなおしてもらいたいなと思いまして」

と、俺が冬華に惚れている前提で、そう言った。

その前提は如何《いかが》なものだろうか……と思うものの、いちいちツッコむとキリがない。

「もちろん、約束は忘れていないですよね、先輩？」

「ああ、忘れていない。……ということは今日、浴衣を買って帰るってことか？」

「買いませんよー。当日は、浴衣のレンタルを利用するつもりですから。今日は、先輩の好みのリサーチです。水着の時みたいに、私のセンスだけで選ぶよりも、一緒に選べたら楽しいですし」

そう言えば、水着を見せてくれた時に、そんなことを言ってたかもな……と思い出していると、

「あ、今私の水着姿思い出しましたね？……先輩の、エッチ」

頬を赤くして、冬華が楽しそうに言う。

「……なんだか今日はご機嫌だな」

「先輩といる時の私は、いつだってご機嫌じゃないですかぁ」

「それは嘘《うそ》だろ……。冬華、結構喜怒哀楽がはっきりしてるし。割とキレやすいし」

笑顔を浮かべる冬華に、俺は呆然《ぼうぜん》と呟《つぶや》いていた。

「えー、私怒ったりしませんってば」

俺の言葉に、冬華はふふふ、と楽しそうに笑う。つい先日も、俺をお見舞いに来させた池に対して激怒していたように思うのだが……。

本当に今日はご機嫌だな、と思いつつ、

「それじゃ、早速浴衣を見に行くか」

「そうしましょう！」

歩き始めると、冬華が腕を組んできた。

「冬華、暑いんだが」

「恋人同士のデート、腕を組むのは当然ですよ？」

『ニセモノ』の恋人でもか？　と問いかけても、何らかの理由をつけて断られるのは目に見えている。

なので、俺は代替案を出す。

「手を繋《つな》ぐのじゃダメか？」

冬華は「ほう？」とニヤリと笑ってから、

「私としては、腕組の方が恋人らしく引っ付けるので良いのですが、シャイな優児先輩は手を繋ぐ方が良いということですね？　むふふ、可愛《かわい》らしいじゃないですか」

と、ご機嫌な様子で言った。

「……そんなとこだ」

俺はそう言って、半ば強引に冬華の絡む腕を解き、彼女と手を繋いだ。

「ご、強引ですね……」

と、急にしおらしくなった冬華が言う。

その様子に、なぜだか俺は大胆なことをしでかしてしまったのでは、と頭をよぎったが、そんなわけがないとすぐに正気を取り戻す。

「先輩から手を繋いでくれたのは、初めてですよね？」

「……そうだったか？」

「そうですよっ！」

嬉しそうに言う冬華に、俺は「そうか」と一言答える。彼女のあざとい作戦だと分かっていても……どうしたって照れくさくなるのは、仕方ないだろう。

☆

それから、浴衣の専門店に辿《たど》り着いた。

店内の浴衣を見て、冬華は言う。

「わ、すっごく綺麗な浴衣が多いですね！」

それから彼女は、気になる色・柄の浴衣を手にとっては品定めしていく。

「先輩は、私にどういうのを着てもらいたいですか？」

ニコニコと笑顔を浮かべて問いかける冬華に、

「冬華が着たいものが一番だな」

俺が答えると、

「中々ポイントの低い回答ですね……」

はぁ、とわざとらしい溜《た》め息《いき》を吐《つ》いてから、冬華は真顔で呟いた。

そんなにダメだったか……！　俺は自分のコミュ力に慄《おのの》く。

「待ってくれ、それなら一度、真剣に考える」

「え？　参考程度に聴きたかっただけですけど……でも、選んでくれるって言うんなら、期待していますね」

真剣な表情の俺に、冬華は微笑《ほほえ》んで答える。

それから、店内の浴衣を、俺も真剣に見定める。

強面《こわもて》の俺が、女性ものの浴衣を真剣な表情で眺めるさまは、冬華が隣にいなければ通報案件だったろう。

いくつもの浴衣を見て、それから俺は決めた。

「待たせたな。俺は、冬華に、こういうのを着てもらいたい」

そう言ってから、冬華に持っていた浴衣を渡す。

紺の生地に、青と白の花柄の浴衣だ。

「これですか？……ちなみに、なんでこれを？」

冬華の問いかけに、俺は答える。

「当日は暑くなるだろうし、寒色系で体感温度を下げることが出来たら良いなと」

「そんな合理的な判断に基づく選択なんですか……!?」

ムッとした冬華。どうやら、好みの回答じゃなかったらしい。

俺も、発言する前から、不満を抱かれるだろうなと思っていた。

調子に乗せてしまうかもと思ったが、俺はもう一つの理由を言う。

「……あと、爽やかで落ち着いた色と、可愛らしい柄が、冬華に似合うんじゃないかって思った」

視線を逸《そ》らしながら告げると、冬華は一瞬ぽかんとした表情を浮かべてから、

「上手に言えましたね、先輩?」

と、嬉しそうに笑い、続けて、

「それじゃ、これにしますね!」

と言った。

「え、良いのか?　試着とかしてみたらどうだ?」

俺が言うと、

「良いんです、私が着たいのは、先輩が私に着て欲しいものなので」

頬を赤くそめながら、冬華はそう言った。

「まぁ、優児《ゆうじ》先輩が一刻も早く、私の浴衣姿を見たいのは理解できますが……夏祭りまで、

お預けです。それまでちゃんと良い子にして、私の言う事にも絶対服従をしてくれないと、見せてあげませんからね？」

「どさくさで絶対服従とかいうのはやめてくれるか？」

冬華の発言に突っ込むと、えへ、と舌を出して反応する冬華。

「ちなみに、優児先輩は浴衣を着ないんですか？　甚平とかも良いですね！　きっと似合いますよ」

「いや、俺が夏祭りの日に浴衣や甚平を着ると、はしゃいでるヤンキーみたいで、なんだかな……」

「それは１００パー、気にしすぎです！」

冬華はそう断言してから、

「とはいえ、無理に着てもらうのは確かに良くないですね……。なので、試着してから考えてみませんか？」

「……そういう事なら」

俺が答えると、冬華はパパッと俺に甚平を一着押し付けてきた。

「はい、試着室にいきましょ！」

冬華に腕を引かれて、店員さんに声をかけてから試着室に入る。

ぱっと着替えてから、姿見で自分の姿を確認する。

滲《にじ》み出るヤンキー感。

何がいけないんだろう、と考えるがやはりこの強面が全ての元凶か……。

俺は一度溜め息を吐いてから、試着室から出る。

「あ、着替え終わったんですね！」

すぐに、冬華《とうか》が気づいた。

それから、俺の姿を見て、驚愕《きょうがく》の表情を浮かべてから言う。

「これは驚きました。本当に浮かれたヤンキーみたいになるんですね……」

「だから言っただろ……」

「目の錯覚なんでしょうが、どうしてか背中に龍《ドラゴン》の刺繍《ししゅう》まで見えてきましたよ」

「幻覚まで……!?」

今度は俺が驚愕する番だった。

「っていうのは、半分冗談ですよ」

つまり、半分本気のようだ……。

やはり慣れない服装をするものじゃないな、と思っていると、冬華がスマホを取り出し、パシャリと俺の写真を撮った。

それから、撮った画像を見て、ふふ、と小さく笑った。そんなに俺の甚平姿は滑稽なのだろうか……!?

「さて、どうですか？　夏祭りに、甚平を着ます？」

「着るわけないだろ？」

俺が即答すると、「残念です」と冬華は呟いてから、

「でも、先輩の甚平姿を独り占めできたとも考えられるので、良しとしておきましょう」

と、続けて言った。

冬華が、楽しそうに、揶揄《からか》うようにそう言ったので、「また、半分冗談か？」と言ってやろうかと思ったが……もしも半分本気と答えられれば普通に照れてしまう。

だから賢明な俺はツッコむのはやめ、

「お、おう」

とだけ呟き、応じるのだった。

☆

それから、冬華は浴衣のレンタルの予約を取って、浴衣店を出た。

「本日の目的は終了したが、この後はどうする。行きたいところ、あるか？」

俺の問いかけに、

「ウィンドウショッピング、しましょうよ！　色々見て回りましょう！」

冬華はそう言った。

「良いぞ」

もちろん俺はウィンドウショッピングなんてしたことはないが、要は色んな店を見て回りたいという事なのだろう。

提案を拒む理由は何もないため、冬華の提案を受け、歩き始める。

どこから見て回ろうかと話をしていたところ、トイレを見つけた。これまで我慢していたわけでもないが、無性に行きたくなり、

「悪い、トイレに行っても良いか？」

と、俺は冬華に問いかけた。

「それじゃ、私も行きまーす」

冬華がそう答えたため、互いにトイレに入った。

用を済ませ、手を洗ってから、トイレを出る。

周囲を見たが、冬華はいない。俺はトイレ前に設置されている一人掛けのソファに腰かけ、冬華を待つことに。

それからすぐに、冬華が女子トイレから出てきた。

立ち上がって合流するが、冬華はどこか困ったような表情をしていた。どうしたのだろうかと思い、声をかける。

「具合でも悪いのか？」

「いえ、そういうわけじゃなく……」

と答えてから、

「トイレの個室に、財布が落ちてて」

冬華はバッグから白いラウンド型の財布を取り出し、見せてきた。

彼女が普段使っている財布とは違う。忘れ物をトイレで拾ったのだろうか。

「誰かの忘れ物か？」

「多分そうですね、中にお金も入ってそうですし」

冬華の言葉に、俺は頷《うなず》く。

綺麗《きれい》に使われているが、使用感はあるし、シルエットから中身が入っていることもわかった。

「財布の中身は見たのか？」

「いえ、見てないです。連絡先入ってるかもしれませんし、見といた方が良いですかね？」

「このまま店員さんに届けて、任せた方が良いんじゃないか」

冬華に言うと、彼女は苦笑をしつつ言った。

「そうですね、万一トラブルになったら、面倒ですし」

「それじゃ、先にサービスセンターに届けようか」

俺の言葉に、「そうしましょっか」と冬華は応えた。

一階のサービスセンターに到着し、若い女性のスタッフに声をかける。俺の顔を見てその女性スタッフの表情に緊張が走ったが、冬華が柔和な態度で声をかけると、すぐに冷静になっていた。

まず冬華は財布を渡し、それからそれを拾った経緯を話して、スタッフに渡し、記載を求められた書類に氏名や連絡先等を記載した。

数分で手続きを終えて、帰ろうとしたところ……。

「あれ、冬華さん!?」

突如、冬華に声をかける人物が現れた。

この声、聞き覚えがあるな。そう思いつつ、声のした方を見ると、受付の隣にある部屋から、嬉《うれ》しそうな表情をした竜宮《たつみや》が出てきた。

「竜宮か」

俺が言うと、彼女はこちらを見た。

「あら、友木《ともき》さんもですか……」

途端につまらなそうな表情で、竜宮は俺に向かって言った。

「乙女《おとめ》ちゃん、何してるんですか？　迷子センターですよね、そこ」

「もしかして、迷子か？」

「そんなわけないですよね？」

竜宮は笑いながら答えた。しかし、目は笑っていない。

本気で言ったわけではないのだが、バカにされたと思ったのだろう。

「お姉ちゃんのお友達？」

不安そうな、女の子の声が聞こえた。

良く見ると、竜宮の背後に男の子と女の子が一人ずついた。彼女の背中に隠れるようにしていたから、気が付かなかった。

「あまり怖がらせないでくれますか、友木さん？」

「ああ、悪い」

怖がらせるつもりは全くないのだが、この強面《こわもて》を見れば泣く子も黙るが迷子は怯《おび》えるのだろう。

俺は両手で自分の顔を覆い、隠す。

「優児先輩、もしかしてウケを狙ってます？」

「俺は本気だ……」

冬華の言葉に、俺は答える。

「すみません、友木さん。両手で顔を隠すのをやめてもらって良いですか？　余計不気味です」

竜宮が俺に頭を下げて言った。顔は怖いのに、隠せば更に不気味、となると……。

これが所謂《いわゆる》、完全なデッドロック状態……。

「その二人は、乙女ちゃんの弟くんと妹ちゃんですか？」

「……その割には、似てないな」

「ええ、弟でも妹でもありません」

そう言ってから、二人の頭を撫《な》でる。

「二人とも迷子になっていて、不安そうにしていたので、声をかけたんです。一緒にここまで来て、今は二人のお母さんを待っているんです。ね？」

竜宮は、俺と話をする時が何なのかと思うほど優しい声音で、膝《ひざ》を折り二人と視線を合わせてから、言った。

「付き添ってあげてるんですか？」

「ええ、急ぎの用事はないですし。大人ばっかりの中にいても、緊張しちゃうもんね？」

普段ツンツンしているか池《いけ》にデレデレしているところしか見た覚えがないので、今の竜宮のお姉さんっぽい態度は、非常に新鮮だった。

小さい子には優しいんだな、と思っていると、男の子と女の子が、小声で竜宮に耳打ちで何かを話していた。

何の話だろうかと思っていると、竜宮が小さく噴き出した。

「どうした？」

「このお兄さんは、どうして怒っているの？……と、言ってますね」

竜宮が俺にそう言うと、二人は彼女の背にサッと隠れた。

「良いかな、二人とも。このお兄さんは私たちに怒ってるんじゃなくって、……社会の理不尽に怒っているだけなんだよ」

「つまり、この行き場のない怒りの矛先を竜宮に向けても良いという事か？」

俺が言うと、二人は竜宮の後ろからおびえた眼差《まなざ》しを向けてきた。

二人の子供の反応を見て、怒る気も失《う》せた。

それが分かったのだろう、竜宮はニヤニヤと笑いながら俺を見ていた。

やはりこの行き場のない怒りの矛先を多少は竜宮に向けても良いのでは、と思っていると、

「二人とも、お母さんきたよ！」

扉から顔を出した受付の人が話しかけてきた。

そして、受付の人の後ろについて、20代後半くらいの女性が、二人を見て、かけよった。

「お母さん！」

男の子と女の子は、その女性に駆け寄った。どうやら、二人を迎えに来た母親らしい。

「目を離してごめんね、二人とも。でも、今度からはもう少し大人しくしてくれなきゃダ

メよ？」

二人を抱きしめながら、その女性は言う。

「うん」

「ごめんなさい」

男の子と女の子は、反省した様子でそう言っていた。

「あの……二人の面倒をここまで見てくださり、ありがとうございました」

女性は、俺たちに向かって頭を下げた。

俺の強面に怯えることもない。母は強し、という奴《やつ》だろうか。

「その二人の面倒を見ていたのは、主にこいつです」

「私たちはたまたま、この場に居合わせただけなので！」

そう言ってから、俺たちは竜宮の方へ視線を送る。

「そうなんですね。改めて、ありがとうございました」

女性は竜宮の手を握り、何度もお礼を言った。

「気にしないでください。二人と一緒にいられて、私も楽しかったですから」

朗らかに竜宮が答えると、

「……お姉ちゃんともっと一緒にいたい」

「もっと遊びたいよ」

今度は二人が竜宮から離れるのを渋り始めた。短時間で竜宮にとても懐いたらしい。

「お母さんを困らせちゃだめだよ、二人とも」

竜宮は、しゃがみ込んで二人と視線を合わせ、それから優しく、諭すように言う。

「お姉ちゃん、ここにはよく来てるからきっと会えるよ。その時、また遊ぼうね」

「また遊んでくれるよね？」

「絶対だよ？」

「うん、また遊ぼうね」

竜宮が答えると、二人は渋々納得した様子だった。

それから、何度も竜宮を振り返りながら、母親に手を引かれサービスセンターを後にした。

「……凄《すご》いですね、乙女ちゃん。短い時間で、あんなに懐かれるなんて」

三人を見送ってから、冬華《とうか》は竜宮に向かって感心したように言った。

「そんなことはないですよ」

竜宮は冬華の言葉に謙遜して答えた。

「お二人はこの後どうするんですか？　もしよろしければ、折角ですし、お茶でも少し如何《いかが》ですか？」

「この後も二人きりデートを楽しむ予定だったけど……折角だし、お茶しましょっか。良いですよね、先輩？」

普段の冬華なら慈悲も容赦もなく断ってそうだが、先ほどのやり取りを見て竜宮への好感度が高くなったのかもしれない。

「構わない」

正直それは俺も同じだった。

「良かったです。モール内にファミリーレストランもあったので、そこはどうでしょう？」

竜宮の提案に、俺たちは「問題ない」「大丈夫です」と答える。

「折角ついでに、会長をお誘いしてみても良いですか？」

「それはNGです」

竜宮の言葉に、冬華が即答した。

「……もちろん、冗談ですよ？」

カバンからスマホを取り出していた竜宮が、残念そうにそう言った。あわよくば本当に誘うつもりだったのだろう。

「それじゃあ、お店に向かいま……あれ？」

スマホをカバンにしまった竜宮が、どうしてか動揺していた。

彼女は慌てた様子でカバンの中をあさっている。

「どうした？」

俺の問いかけに、カバンの中身から顔を上げずに答えた。

「いえ、お財布がなくて。どこかに落としてしまったのかもしれません……」

しゅん、とうな垂れる竜宮。

「すみません。お茶はまた今度の機会にでも……」

竜宮の言葉に、冬華は尋ねる。

「財布って、どんなのですか？」

「白い、ラウンド型の財布です。探して下さるつもりですか？　ご迷惑を掛けるわけにもいきませんし、大丈夫ですよ」

力なく笑ってから、竜宮は言う。

しかし、彼女の言葉に、俺と冬華は互いに顔を見合わせた。

「多分それ、拾いましたよ」

「俺たちがサービスセンターに来たのも、財布を届けに来たからだしな」

俺たちの言葉に、

「え、本当ですか!?」

竜宮の表情が、ぱぁっと明るくなった。

彼女の問いかけに、俺たちは頷《うなず》く。

それから再び、サービスセンターのスタッフに声をかける。

受付の人に説明をして財布を取り出してもらうと、

「あっ、私のお財布です！……良かったぁ」

ホッとした様子で、竜宮《たつみや》は言う。

受付の人は、偶然の出来事に苦笑を浮かべつつ、財布を竜宮へと渡し、

「一応、中身も確認しておいてくださいね」

と、一言。

竜宮は「すみません」と俺と冬華に頭を下げてから、中身を確認する。

事務的な確認作業と俺たちも分かっているため、気分を害することはない。

「気にするな」

俺の言葉に、

「ありがとうございます、中身も大丈夫そうです」

と竜宮は答えた。

「良かったですね」

冬華の言葉に、「ええ」と頷いてから、

「お二人のおかげです。ありがとうございました。お礼に、お茶をご馳走《ちそう》させてください」

「気にしないで良いですよ」

「財布を拾ったのは冬華で、俺は特に何もしていないしな」

「そんなわけにはいきません！」

俺と冬華が断るも、竜宮は言う。

「じゃあ、お言葉に甘えて」

「俺は特に何もしていないから、気にするな」

「分かりました、友木《ともき》さんは気にしません！」

俺たちの言葉に、竜宮はとても気持ちの良い笑顔で首肯した。

☆

それから、ファミレスに入り、三人でドリンクバーを注文した。

ドリンクを飲みながら、世間話を始める。

「今日は、お二人はどんな用事があったんですか？」

竜宮は、冬華へ視線を向けながら問いかけた。

「今度、お祭りに行く時に着る浴衣を、見てたんですよー」

「そうだったんですか。気に入ったものはありましたか？」

「ありましたよ。でもそれ、私が気に入ったというか？　優児《ゆうじ》先輩が気に入った浴衣なんですよね～」

冬華がニヤニヤしながら、竜宮に向かって言う。

「……そうなんですか。不当に丈の短い浴衣だったりしませんか？」

竜宮はそう呟《つぶや》き、冷たい眼差《まなざ》しで俺を見た。

「しないっての」

「それなら、良いのですが……」

と言いつつも、竜宮は不満そうにしている。もしかしたら、彼女も冬華の浴衣選びを手伝いたかったのかもしれない。

彼女の嫉妬に満ちた視線から目を背け、俺はグラスに口をつけて、アイスコーヒーを飲んだ。

「あ、先輩。私お代わり注《つ》いでくるんですけど、先輩の分も注《つ》いできましょうか？」

「悪い、頼む」

俺のグラスが空になったタイミングで、冬華が声をかけてくれた。

彼女にグラスを渡すと、冬華は席を立った。

それからすぐに、

「あの、失礼を承知で、念のために訊《き》きたいのですが……。私の財布の中は、見てないんですよね？」

「ああ、見ていないが……何か、抜き取られているものでもあったのか?」

「いえ、そういうわけではないです! ただ、それだけ、念のため確認をしておきたかっただけですので、気にしないでくださいっ!」

慌てた様子で、竜宮はそう答えた。

様子のおかしな竜宮に、俺は軽い調子で言う。

「……池《いけ》の写真が入っていても、驚いたりしないぞ?」

「ち、ちちち、違います! 会長の写真は一部の女子の間で、お財布に入れると金運が上がると噂《うわさ》があって、試しに入れているだけで……私が会長を好きとか、そういう話じゃ……!」

動揺のあまり、財布に避妊具を忍ばせているのがバレた男子中学生みたいな言い訳を始めた竜宮。

「……本当に池の写真入れてるんだな」

その言葉に、竜宮はハッとした表情を浮かべてから、恨めしそうに俺を睨《にら》んだ。そして、悔しそうに歯ぎしりをしながら言う。

「騙《だま》しましたね、友木さん。卑劣な……」

「どう考えてもお前の自滅だろう……」

恨めしそうに俺を見る竜宮に、呆《あき》れたように言うと、

「はい、お待たせしました先輩！」

冬華が両手にドリンクを注いだグラスを手に、テーブルに戻ってきた。

「ありがとう」

彼女に一言お礼を言って、俺はグラスを受け取る。

それから飲み物に口をつけようとして、普段は使わないストローが刺さっているのに気が付いた。

これは――罠《わな》の匂いがするな。

横目で冬華を見ると、ニヤニヤと俺を見ていた。

実はこれが冬華が先ほどまで使っていたストローで、俺が使った瞬間に、「間接キスですね」などと言って揶揄《からか》ってくるパターンに違いない。

俺は危険を察知し、ストローを外して、さっきと同じように、グラスに口をつけて飲んだ。

「あれ、先輩ストロー使わないんですか？」

冬華の言葉に、俺は「まぁな」と答える。

「もしかして、私が先輩に、自分の使用済みストローを使わせようとしてるとか思っちゃいましたか？」

俺の考えを見透かしたように、冬華は言った。

俺が無言でいると、

「ちゃんと、使ってないストローですよ。先輩は意外と、自意識過剰なところがありますね」

ニヤニヤと笑いながら、冬華《とうか》は嬉《うれ》しそうにそう言った。

そう言われると、途端に恥ずかしくなってくる。確かに、自意識過剰だったかもしれない。しかし、今からストローを使って飲むには、遅すぎた。

俺は傷が広がらないように、視線を逸《そ》らして無言で耐えるしかなかった。

「策士策に溺れるとは、このことですね友木さん……！」

と、竜宮はなぜか自慢げに言う。

流石《さすが》に竜宮にそう言われるのは、不本意と言うしかなかった——。

☆

その後、他愛のない話をしばらくして、竜宮は夏期講習の時間という事で、ファミレスを出ることにした。

「今日は本当にありがとうございました。財布がなかった時は、どうしようかと思いました」

竜宮が俺たちに頭を下げる。

「もう気にしないでください。支払いもしてもらっちゃいましたし！」

冬華が笑顔で言うと、竜宮も楽しそうに微笑《ほほえ》んだ。

「あ、そうだ友木さん」

と言ってから、竜宮は俺に耳打ちをしてくる。

「さっきの話は、絶対に誰にも言わないでくださいね……？」

「ああ」

俺が竜宮の言葉に答えると、

「……今のは何ですか？」

冬華が不機嫌そうにそう言ってくる。

「あ、今のは――」

説明がしづらいのだろう。言い淀《よど》む竜宮の代わりに、俺が答える。

「冬華に不埒《ふらち》な真似《まね》はするな、だってよ」

俺が答えると、冬華が「ほほう」と興味深そうに呟き、

「良いんですよ、不埒な真似をしても？」

と、挑発的に言った。

「友木さん……？」

竜宮がそう言って、鋭い視線を俺に向けてきた。

俺は竜宮をフォローしたはずなのに、なぜか彼女からはキツイ眼差しを向けられている
……!

しかし、それから竜宮は、「ふふ」と微笑んで、

「ありがとうございます、友木さん」

と、冬華には聞こえないほど小さな声で、囁《ささや》いた。

「それでは、私はここで失礼します。お二人とも、楽しんで下さいね」

そう言い、手を振りながら彼女は俺たちに背を向けて歩いて行った。

その姿が見えなくなってから、冬華が口を開いた。

「さて、優児先輩。邪魔者も消えたことですし、精一杯イチャイチャしましょっか?」

上目遣いに覗《のぞ》き込んでくる冬華に、俺は言う。

「邪魔者って、今のセリフを竜宮がきいたら、錯乱するかもな」

「そこは冗談ですよ! さ、デートの続き、しましょっか!」

冬華に手を引かれ、この後めちゃくちゃデートをするのだった。

8．夏祭り

混雑した駅の改札近く。

今日は、以前冬華や池、竜宮《たつみや》と一緒に行こうと約束していた、花火大会の日だ。

俺は、待ち合わせ場所に一足早く着き、スマホでラブコメ漫画を読み、ヒロイン全員可愛《かわい》いけど、やっぱり体育会系が一番可愛いな、と思いながら待っていると、不意に俺の袖がちょいちょいと引っ張られた。

振り返ると、そこには笑顔を浮かべる冬華がいた。

彼女は、この間一緒に選んだ浴衣を身に着けていた。普段つけているヘアピン以外にも、赤色の華やかな髪飾りを着けている。

それがとてもよく似合っている。

「お待たせしました、先輩！　結構待ちましたか？」

「俺も来たばかりだから、そんなに待っていない」

「よかった！　それじゃ、早くお祭り会場に行きましょうか？」

と俺の手を引こうとする冬華に……。

「冬華ちゃん、今日はみんなでお祭り回る予定なのに、抜け駆けしちゃだめだよ？」

と、彼女の後ろから顔を出した夏奈《かな》が、そうたしなめた。

見ると、全体的に明るい色で、華やかな浴衣を着こなす夏奈がいた。頭には真っ赤な髪飾りを着けており、浴衣ともどもよく似合っている。

その後ろには、池と竜宮もいた。

この間竜宮と会った時、彼女から一緒に夏祭りを回りたいと提案があったのだ。冬華は難色を示したが、竜宮の強い押しを断り切れなかった。その後、俺と冬華と夏祭りに行くことを口実に、池のことを誘うのにも、成功したようだ。

池は爽やかに手を上げ、「よう」と声をかけ、竜宮は「こんばんは」と言って、こちらに会釈を一つしてきた。

「……優児《ゆうじ》先輩、大丈夫ですか？　最近、胸の大きな女に、ストーカーされてないですか？　私、心配です」

気遣うような視線と声音で、冬華が俺に問いかけてくる。

「夏奈のことも誘ったのは、この間言っていただろ？」

池と竜宮と一緒に行くのに、夏奈のことを誘わないのも悪いなと思い、俺から声をかけていた。

そのことは、先日冬華にも報告しており、その際には『恋人の私を差し置いて声をかけるなんて……』と不服を言われていたので、忘れているわけではないのだろう。

恐らくこれは、夏奈に対する冬華の威嚇行為だ。

「えー、そうでしたっけー？」

口元に笑みを湛《たた》えながら言うものの、冷ややかな口調であり、不服なご様子だった。

「最近、優児君は積極的に私の好感度を稼いできてるから……冬華ちゃん、本格的に飽きられちゃったのかもね？」

と、笑顔を浮かべて夏奈は言う。

「えー、葉咲《はさき》先輩自分がおだてられてキープされてるだけなのに、分かってないとかちょーカワイそーなんですけどー」

冬華も、満面に笑みを浮かべながら言った。

いつも通りの応酬を尻目に、俺は池と竜宮に、ここからの移動を提案しようとするのだが。

「その、会長。……私の浴衣姿、変ではないでしょうか？」

「ああ、変じゃない、良く似合っていると思うぞ」

「そ、そうですか。……そうですか」

彼らは取り込み中のようだった。

池の言葉に、竜宮は顔を真っ赤にしていた。

確かに、浴衣姿の竜宮は綺麗《きれい》だった。

……胸が小さいほうが、浴衣は似合うって言うしな。

「友木《ともき》さん、何か？」

そして、間髪容《い》れずに俺を睨む竜宮。俺が失礼なことを考えているのを、見抜いたのだろうか？

「何でもない、そろそろ移動しよう」

「そうだな」

俺の言葉に、池《いけ》は頷《うなず》いた。

それから、未《いま》だに言い合っている冬華と夏奈と、竜宮も一緒に、祭りの会場へと移動をした。

☆

花火大会が始まるまで、時間はまだあるのだが、それでも大変な混雑だった。

集団行動が苦手な俺は、油断したらすぐにはぐれてしまいそうだ。

そう思っていると……。

「早速はぐれた……」

……油断はしていないつもりだったが、人が多すぎて無理だった。

あっという間にみんなと離れ離れになってしまい、孤立無援の状態になってしまった。

俺は溜《た》め息《いき》を一つ吐《つ》き、スマホを取り出す。

既に、俺がはぐれたことに気づいた冬華から連絡が来ていた。

『先輩、今どこにいるんですか?!』

向こうも俺を探しているようだ。

俺は周囲を見渡し、自分が今どこにいるのかを確認しようとするが……広い会場の中に、大勢の人ごみのため、現状把握ができない。

『すまん、はぐれた。場所がいまいち分かっていないから、どこか分かりやすい場所で落ち合えないか?』

俺がメッセージを返信すると、すぐに冬華から連絡が返ってきた。

『人も沢山いて、迷っちゃいますよね…。それじゃあ、私たちは今イベントブースの近くにいるので来てもらえますか？』

今回の祭りでは、知名度の低い芸人やアーティストを呼んでの出し物や、町内会の有志による催しがあるようだった。

イベントブース前ならば、ある程度のスペースが確保されているはずだ。それに、俺を待っている間もステージを見ていれば退屈はしないだろう。

もってこいの場所だと思った。

『了解だ。少し待っていてくれ』

俺がメッセージを送ると、コクコクと頷くムカつく顔のキャラクターのスタンプが送られてきた。

それから、俺はスマホをしまって歩き始める。

とりあえず、会場の案内がどこかにないか周囲を見渡す。現在地の分かる地図などがないのに、適当に歩いてもステージに辿《たど》り着けるとは思わない。

だが、案内を見つける前に、見覚えのある美人を見つけた。

「あれ、真桐《まきり》先生？」

その美人、真桐千秋《ちあき》先生に声をかけた。

俺に急に声をかけられて、驚いたのだろうか。どこかソワソワした様子の真桐先生。

「と、友木君……。こんばんは。こんなところで会うなんて、奇遇ね」

真桐先生は、どこか恥ずかしそうに頬を赤らめてから、俺に向かって言った。なんだか様子が変な気がするが、どうしたのだろうか。

「そうですね」

と答えるものの、真桐先生と直接会うのは、キャンプ場で会って以来で久しぶりという感覚はなかった。

連絡自体、割と頻繁に取っていることもあるからだろう。

「ええ、そうね。……友木君は、池さんと一緒に来たわけではないのかしら？」

「冬華《とうか》や池たちと一緒に来てたんですけど、人ごみに流されて、あっという間にはぐれました」

「そ、そうだったのね。確かに、人が多すぎるわね」

　と、どこか嬉《うれ》しそうに真桐先生は言った。

　俺が一人ぼっちで祭りに来たわけじゃないことを、喜んでくれているのかもしれない。

「そういうわけで、これからステージ前で合流しないといけないんですけど、場所が分からなくて、困っているんです……」

　俺が苦笑しつつ言うと、真桐先生はパンフレットを取り出してから、

「今いるのがこの辺りで、ステージの場所は……ちょっと遠いわね」

　そう言って、会場の案内図を見せてくれた。

　真桐先生に見せてもらったパンフレットで位置を確認できたが、人ごみに流された結果、俺はどうやらステージとは一番離れた場所に来ていたらしい。

　この人ごみのことも考えると、今いる場所から十五分程度は時間がかかってしまうかもしれない。

「確かに、少し遠いかもですね。ありがとうございます、助かりました」

　だが、現在地と目的地が判明したのは僥倖《ぎょうこう》だった。

「……ところで真桐先生は、どうしたんですか？……一人ですよね？」

俺は、真桐先生を改めて見て、問いかける。

彼女は、落ち着いた雰囲気の浴衣を身に着けている。

普段通りに下ろした黒い長髪が、浴衣姿だとなお映え、とても綺麗で良く似合っていた。

こんなに綺麗な人が夏祭りに来ていたら、彼氏とデートに来ているのだろうと思うところだが……真桐先生にそういう相手がいないことを、残念ながら俺は知っている……。

「一人よ。悪いかしら？」

ムッとした表情を浮かべてから、彼女は俺に問う。

「いえ、滅相もない」

そう答えた俺を半眼で睨《にら》みながら、彼女は口を開いた。

「……ウチの生徒が羽目を外して非行にはしらないか、若手の先生で分かれて見回りをしているのよ」

「浴衣でですか？　そういうのって、普段学校で着ている服装の方が、先生がいるって分かりやすくて効果がありそうですけど」

俺の何気ない一言に、真桐先生は「もしかしたら友木君と会えるかもと思って」と呟《つぶや》いてから、

「もし会えたら、折角だし浴衣姿を見てもらいたいって思ったのよ」

と、真直《まっす》ぐに俺を見ながら言った。

「……は？」

俺が動揺を浮かべつつそう言うと、真桐先生はクスクスと楽しそうに笑っていた。

……きっと、揶揄《からか》われたのだろう。

浴衣を着ている理由も、折角休日に祭りに来たのだから、全力で祭りの雰囲気を楽しみたいとか、そんな理由に違いない。

「……休みの日まで、お疲れ様ですね」

俺は真桐先生と目を合わさないままそう言った。

教師という仕事も大変そうだなと、俺は思った。

「そう言ってもらえるだけ、私はきっと幸せ者よ。……池さんたちと離れたままでは、良くないわね？　折角だし、ステージ会場まで付いて行って、彼女たちを探すのを、手伝うわ」

穏やかに微笑《ほほえ》みながら、真桐先生は言った。

「大丈夫です、場所は分かっているので、そこまで迷惑を掛けるわけにはいかないです」

「迷惑なんかじゃないわ……」

そう言って、肩を落とす真桐先生。どうしてか不服そうに俺を見ている。

……もしかしたら、一人で夏祭りを見て回るのは、想像以上につまらないのかもしれない。

　そう思って、俺は口を開く。

「だけど、俺が一人でいたら周囲に威圧感をまき散らしてしまうので、真桐先生、よかったらしばらく一緒にいてもらってもいいですか？」

　俺の言葉に、真桐先生はぱぁっと顔を明るくしてから、すぐにプイとそっぽを向いた。

　それから、ツンとすました表情を浮かべて、彼女は言う。

「ええ、任せなさい」

「お願いします」

　俺が苦笑しつつ言うと、彼女は今度は「あ……」と声を漏らした。

「どうしたんですか？」

　俺の問いかけに、悪戯《いたずら》っぽい表情を浮かべてから、彼女が言う。

「もしも知り合いに会ったら、なんて説明しましょうか？」

「ウチの生徒なら、俺が悪さをしないように、真桐先生が休日返上で見張っている、って思うんじゃないですかね？　だから、説明の必要もないのでは」

　俺の言葉に、真桐先生はどこか不服そうな表情を浮かべた。

「……それなら、関係ない人たちは、私たちをどう思うんでしょうね？」

「悪漢に絡まれる美女、と思われるんじゃないですか？」

おそらく、他の人たちが思うだろうことを、俺は言った。

真桐先生は、つまらなそうに俺を見た。

それから、クスリと笑みを漏らして。

「……そう。美女って言ってもらったのに、複雑な気分だわ」

彼女は、優しく微笑んでから、照れくさそうに言ったのだった。

☆

「友木《ともき》君は、お祭りの屋台で思い入れのあるものって、何かあるかしら？」

並んで歩く真桐先生から聞かれ、俺は考えることもなく即答する。

「ないですね。そもそも、祭り自体に思い入れがないので」

「そ、そう……」

真桐先生は、俺の回答に、気まずそうにそう答えた。

俺の暗い回答のせいで、気まずい空気が流れた。

「……私は、りんご飴《あめ》が好きだったわ。いつも、父にねだって買ってもらっていたの」

真桐先生はそう言ってから、昔を懐かしむように微笑んだ。

「りんご飴、好きなんですね。美味《おい》しいんですか？　俺、食べたことがないので」

「あの……どうだったかしら。昔のことだから、あまり思い出せないわ。そもそも、あのりんご飴の見た目が何だか可愛《かわい》らしくて、気に入っていただけだったのかも」

真桐先生が答えると、丁度先にりんご飴の屋台を見つけた。彼女も、同じように気が付いたようだ。

「ちょうど良いところに屋台があるわね。少し、待っててくれるかしら？」

「もちろんです」

俺の答えを聞いてから、真桐先生は屋台でりんご飴を一つ買った。

「なんだか、昔より小さく感じるわ」

りんご飴を持って戻ってきた真桐先生が、そう呟いた。

真桐先生が大きくなっただけか、本当にりんご飴が小さくなったのか判断がつかず、俺はコメントをするタイミングを逃した。

真桐先生は、髪の毛をかき上げ、口を開いてりんご飴に齧《かじ》りついた。

「どうですか？」

真桐先生は目を閉じ、しっかりと味わってから、

「甘いわ。それに……懐かしい味」

そう言ってから、

「はい、友木君も、どうぞ」

　真桐先生はりんご飴を俺に差し出してきた。

「え？　良いんですか？」

「もちろんよ。食べたことがないんでしょう？」

　俺は真桐先生と、差し出されたりんご飴を交互に見る。

　有難い申し出と思うと同時に、一口齧られた後のりんご飴を見て、どうしても罪悪感が湧く。

　真桐先生は気にしないのだろうが、これは所謂《いわゆる》間接キス案件だ……！

「どうしたの？」

　首を傾《かし》げて、不思議そうに真桐先生は言った。

「……いただきます」

　ここで意識をするのは、どうにも子供っぽいと思われそうで不服だったため、俺はそう言って、りんご飴に一口齧りついた。

「甘い、ですね」

　甘い飴にコーティングされたりんごは、ややパサついていた。しかし、これまでに食べたことのない食感が、とても珍しい。

「こんな味なんですね」

「美味しい、というよりも甘いっていう感想が先に出る味よね」

真桐先生はそう言ってから、再びりんご飴を一口齧った。

「りんご飴、一緒に食べられて良かったわ」

それは、久しぶりに食べることが出来て、そして俺がりんご飴を初めて食べることが出来て良かった、という意味なのだろうが。

どうしてか、どこか恥ずかしそうに彼女は言うのだった。

☆

りんご飴を食べ終え、再び俺たちは歩き始めた。

目的地はもうすぐだが、一つ気になることがあった。

先ほどから、誰かに見られているような、妙な気配があった。

この気配には、覚えがある。荒れていた中学時代、夜道で不良たちに襲われた時と、似た、ねちっこい視線を伴った気配だ。

狙いは俺か、それとも……真桐《まきり》先生か。

今の俺には、心当たりがない。

であれば、対象は真桐先生ということになる。

それはなぜかと考えるものの、彼女が人の恨みを買うような人ではないことは、俺も良く知っている。

そこまで思案し、俺は一つの可能性に辿《たど》り着いた。

「――真桐先生。最近、誰かに告白をされましたか？」

俺の唐突な質問に、

「え、えぇ!? ど、どうして友木君が私に……そ、そんなことを聞くのかしら？」

激しく動揺を浮かべる真桐先生。

どうやら、俺の質問に心当たりがあるようだった。

俺の予想では、今俺たちの後をついてきている人間の正体は……真桐先生に好意を寄せている何者かだ。

真桐先生に好意を寄せ振られてしまった男性が、俺と先生が一緒にいるところを偶然見つけてしまい、放っておくことがどうしてもできずに後をついてきている。

――おそらくはそんなところだろう。

「放っておけないです」

真桐先生からストーカー被害で悩んでいるようなことは聞いていないが、このまま放ってはおけない。何とか、力になりたい。

「そ、それって……つまり嫉妬、ってことかしら？」

真っ赤になった真桐先生は、よく分からない言葉を呟いていた。

しっと……？　何のことかと聞き返そうとする前に、真桐先生が続けて口を開く。

「告白はされていないわ」

「……されていないんですか？」

「そ、そうよ。……安心、したかしら？」

真桐先生は俺に向かってそう言った。

「それは……また別の問題があるかもしれません」

「別の問題？……どういう事かしら？」

真桐先生に好意を寄せる者が後をついてきているわけではないのだとしたら、別の要因があることになる。

考えにくいことだと先ほどは切り捨てていたが、過去俺が喧嘩《けんか》をした相手がたまたま祭りを楽しむ俺を発見し、隙あらばかつての復讐《ふくしゅう》を果たそうとしているのだとすれば……厄介だ。

「狙われているのは――俺なのかもしれません」

「私が友木君を狙っているとでも、い、言いたいのかしら!?」

「……？　違いますけど」

真桐先生の的外れな言葉に、会話が嚙《か》み合っていないことに気づいた。

そう言えば、真桐先生には後をつけられていることをまだ話していない。彼女はまだ、そのことに気づいていないのか。

そう思い、俺は真桐先生に近づき、耳打ちをしようとして……。

「ひゃっ!?」

と、真桐先生は顔を真っ赤にして、身をよじる。

それから、不安そうに俺を上目遣いに見てくる。……どうやら急に驚かせてしまったようだ。

俺は「すみません、少し話しておきたいことがあって」と謝罪する。

「話したい、こと……」

と、真桐先生は神妙そうな面持ちでそう呟《つぶや》いた。

心の準備ができた様子の真桐先生に、俺は今度こそ耳打ちをする。

「真桐先生」

「は、はい……」

「さっきから俺たちを見て、後をつけてる人がいるみたいですが、何か心当たりはありませんか？」

「……え？」

俺の言葉に、真桐先生は信じられないと言った表情を浮かべ、こちらを見た。

誰かに後をつけられるなんて、中々体験することではない。真桐先生が信じられないのも無理はないだろう。

真桐先生が慌てないように、「落ち着いてください」と俺が言うと、

「……落ち着いているわよ？」

と真桐先生は穏やかに笑いながらそう答えた。

しかし、彼女の声音は普段よりも冷たく聞こえた。取り乱しはしていないものの、内心は怯《おび》え等もあるのだろう。

「……なるほど、さっきの質問の意図が分かったわ。ストーカーは男女の恋愛関係のもつれが原因であることが多いから、それで確認をしたというわけね」

真桐先生は、続けてそう言った。どうやら、先ほどの言葉の通り、落ち着いて現状を分析しているようだ。

それから、

「友木君……私がひと昔前の教師なら、躊躇《ためら》いなく体罰を科しているところだったわ」

真桐先生はなぜか、理不尽なことを言った。

「どうしてですか……？」

流石《さすが》に動揺を隠せない俺だった。

「あなたはいつも、言葉足らずなのよね」

「え、すみません……」

はぁ、と溜《た》め息《いき》を吐《つ》いてあきれる真桐先生に、俺は自然と謝罪をしていた。

「そういう事なら、改めて言うけど、心当たりはないわ。……と、友木君の方こそ、ないのかしら。葉咲《はさき》さん以外にも、女の子から告白されること、あるんじゃないかしら？」

そわそわした様子で、真桐先生はそう問いかけてくる。やはり、誰かにつけられていると言われ、多少は動揺をしているのだろう。

「ないですね」

俺が真桐先生の質問に即答すると、

「そ、そうなのね」

と、彼女は答えた。

「後をついてきている人間の目当てが俺だった場合、それは恋愛関係のもつれじゃなく……昔の喧嘩相手、とかでしょうね」

「今更そんなこと……」

「俺も正直、心当たりはないんですが……ありえない、とは言い切れません。今も、つかず離れずの距離でこちらの様子を窺《うかが》っているみたいです。とりあえず、俺に用事があるなら、話をつけに行ってきます」

このまま真桐先生と別れた場合。俺だけを狙ってくれるなら問題ないが、人質のために彼女を狙われると、とてもまずい。

だから、逃がすわけにはいかない。

「……今の友木《ともき》君には、言わなくても分かってるかと思うけど。もしもかっての喧嘩相手だとしても……ちゃんと、話をするのよ」

真桐先生は、諭すようにそう言った。

「分かってます」

俺はそう答えてから、勢いよく背後を振り返った。

それに反応し、背後にいた大学生くらいのカップルが、俺の強面《こわもて》に分かりやすく怯えを見せた。

ビビらせてしまい、申し訳ない……、と心中で謝罪してから、背後にいたカップルの他にも、過剰な動揺を浮かべた人間が、更に後方にいたのを俺は見逃さなかった。

きっと、奴《やつ》がそうだと思い、彼の近くまで歩き、問い詰めようとして……途中で、その正体に気が付いた。

「……千之丞《せんのじょう》さん？」

後をつけた男と対面すると、そこには真桐先生の父親である、千之丞さんがいた。

「どうしてこんなところに……？」

俺に名前を呼ばれた千之丞さんは逃げることを諦めたようで、その場に立ち止まった。

「奇遇だね、優児《ゆうじ》君。なぜ私が夏祭りに来ているかと言うと、だね」

観念した様子の千之丞さんが答えようとして、

「……帰って、今すぐに、即刻」

と、俺の後をついてきていたらしい真桐先生が、有無を言わさず、千之丞さんに向かって言った。

「話は……？」

先ほどの真桐先生の良いお話が台無しなその対応に、俺は思わず突っ込んでいた。

「友木君も知っているはずよ。この人には……言葉が通じないのよ」

切実なその表情と言葉に、千之丞さんも視線を泳がせていた。

「……それで、お父さんはいつから見てたの？」

千之丞さんは真桐先生の問いかけに、コホン、と咳《せき》ばらいをしてからゆっくりと答えた。

「りんご飴《あめ》……からだな」

「……さ、最悪だわ」

真桐先生は両手で顔を覆い隠して言った。

「二人の関係を考えれば、恥ずかしがることじゃないだろう？　こうして、夏祭りにも一緒に来るくらいの仲なのだ、りんご飴くらい、あーんして食べさせても不思議はない」

千之丞さんに改めてそう言われた真桐先生は、恥ずかしがるように、無言で俯《うつむ》いた。

真桐先生にそういうつもりがなかったことくらい、俺には分かるのだが、千之丞さんを説得するのは難しそうだ。

「俺は、真桐先生と夏祭りに来たわけじゃなくって、友人と来ているんです。人ごみに紛れて友人とはぐれたところ、偶然真桐先生に会って、一緒に行動していたんです」

俺が言うと、千之丞さんは「なるほど」と感心したように呟いてから、言う。

「つまり、千秋《ちあき》とのデートと、友人との約束がダブルブッキングしてしまった結果、こうして偶然を装って一緒に行動をしている、というわけだ」

真桐《まきり》先生の言った通り、言葉が全く通じない千之丞さん。

「いえ、そういうわけじゃ……。本当に偶然です」

真桐先生と俺が付き合っているという前提で話すため、ややこしくなる。

俺がはっきりと千之丞さんに言うと、

「もしその話が本当だとして。偶然出会うなんて、運命のようだ。なんともロマンチックな話じゃないか」

千之丞さんは、ああ言えばこう言う。メンタルが無敵の人だった……！

「そもそも、なんでここにお父さんがいるのよ……!?」

真桐先生が不満そうにそう言った。

「取引のある会社がこの祭りの協賛でな。社長が来ているようだったので、挨拶に来たのだ。……デートをしている二人を見つけたのは、それこそ偶然だ」

「なんでこんなタイミングが悪いのよ……」

真桐先生がとても恥ずかしそうに言った。

それを見て、千之丞さんが穏やかに笑いながら、言った。

「安心しろ、千秋。これ以上、若い二人の邪魔をするつもりはない。……良いものも見れたからな」

千之丞さんはそう言い、「私も、久しぶりにりんご飴を食べたくなってきた。……昔、千秋がねだっていたりんご飴を、な」と呟いた。

……真桐先生は無言のまま、プルプルと怒りに震えていた。

「それでは、優児君。また会おう！」

千之丞さんが俺の肩に手を置いて、そう言った。

「はい、また」

俺が答えると、彼は嬉《うれ》しそうに笑い、そしてこの場から立ち去っていった。

真桐先生はと言うと、今なおプルプルと震えていた。

その様子を見て、真桐先生には悪いと思いつつ、なんだか可愛《かわい》らしいなと思っていた。

☆

千之丞さんの背中を見送った後。

顔を真っ赤にして怒りに震える真桐先生をなだめつつ話をしながら、冬華《とうか》たちとの合流場所であるステージ会場に辿《たど》り着いた。

ステージに目を向けると、今は名前の売れていないお笑い芸人が漫才をしていた。一生懸命に見ている客は数人程度で、ほとんどは一緒に来ている家族や友人と屋台の食べ物を食べながら談笑していた。

「あ、優児先輩！　遅いですよー！」

冬華の声が聞こえ、俺は周囲を見る。

近くに冬華がいるのを見つける。池《いけ》と夏奈《かな》と竜宮《たつみや》も揃《そろ》っていて、俺を見ながら苦笑を浮かべて手を振っている。無事に合流をすることができた。

「すまん、待たせた」

俺が皆に向かってそう言うと、

「え、あれ？　真桐先生？　どうして先輩と一緒にいるんですか??」

俺の隣にいる真桐先生に、冬華が問いかけた。

「ウチの生徒が羽目を外して非行にはしらないか、見回り中よ。友木君があなたたちと一緒に来ているって聞いたから、一応注意をしておこうと思って、ついてきたのよ」

「えー、そうだったんですね！　先生、浴衣まで着てすっごく綺麗《きれい》だから、てっきり彼氏とデート中かと思っちゃいましたよ！　お休みの日まで仕事なんて、大変ですね」

冬華が一点の曇りもない笑顔を浮かべて、真桐先生に向かって言った。

……うっ、と顔を引き攣《っ》らせた真桐先生。

「い、いえ……。生徒が非行にはしらないように目を光らせるのは、当然のことよ」

彼氏がいないことは言及せず、真桐先生は動揺を抑えつつそう言った。

「折角の夏祭りに、彼氏とデートできないとか、ちょーカワイそー。私、将来先生には絶対ならないですー」

……もうやめてくれ、冬華。

真桐先生のライフは、とっくに0なんだ……。

口元を引き攣らせて、ショックを受けた様子の真桐先生。

「……私は見回りを続けるから。繰り返すけれど、羽目を外しすぎないように、気をつけなさい」

フラリとした足取りで、真桐先生は来た道を引き返そうとした。

……そして、すれ違いざま。

彼女は、俺にだけ聞こえるように、こっそりと耳打ちをしてきた。

「折角のお祭り。みんなとたくさん楽しみなさい」

それから一度振り返り、彼女は優しく笑った。

その美しい笑顔に、俺は一瞬見惚《みと》れてから。

「……ありがとうございます」

ただ一言応じて頷《うなず》く。

俺の反応を見た真桐先生は、満足そうに微笑《ほほえ》んでから、雑踏に紛れていった。

「もう、優児先輩っ！　急にいなくなっちゃったから、心配したんですよ!?」

非難めいた視線を俺に向けながら、冬華がそう言った。

「悪いな」

心配をしてくれた冬華に向かって、俺は素直に謝る。

むー、と怖い顔をして俺を見てから、

「……でもまぁ、こんなに人が多くっちゃ仕方ないですよね。また離れ離れになっても困りますし」

そう言って、えいっ、と俺の手を取った。

「これでもう、はぐれることはありませんね！」

ニコニコと笑顔を浮かべながら、俺の手に、指を絡めてくる冬華。

日が落ち、周囲は暗いのだが、それでも彼女の顔が赤いのが分かる。

……恥ずかしいのを我慢してまで、俺を惚《ほ》れさせたいのか。

俺は気恥ずかしくなりながらも、感心する。

「……と、冬華ちゃんズルい！」

すると、夏奈がそう叫んでから、俺と冬華がつなぐ手に向かって、何度もチョップを繰り出してきた。

「……恋人同士のイチャイチャを邪魔するとか、チョーあり得ないんですけど？」

イラッとした様子の冬華が、夏奈に向かって言った。

ちなみに、俺もちょいちょい痛い。

「悪い、夏奈」

俺がそれだけ言うと、夏奈は恨めしそうに俺を見てから、溜《た》め息《いき》を吐《つ》いた。

「……分かった。今日は、我慢するね」

残念そうにそう呟《つぶや》いた夏奈。

……彼女の好意を知っているだけに、そんな資格はないと分かってはいても、胸が苦しくなる。

「……先輩っ！」

冬華はといえば、潤んだ眼差《まなざ》しで俺を見つめ、それからぎゅっと握った手に力を込めてきた。

……とんでもないあざとさだった。

「さて、優児とも合流したことだし、屋台でも見て回るか」

「そうですね。花火まで、まだ時間もあることですし」

俺たちのやり取りを見ていた、池と竜宮が、俺たちに向かってそう声をかけた。

「いきましょっか、先輩っ！」

明るく言った冬華に、俺は頷いた。

☆

それから、俺たちは祭りを見て回る。

「先輩、私あれ欲しいです！」

「……これが欲しいのか？」

冬華のリクエストを受け、射的で謎のキャラクターのストラップを打ち落としたり。

「はい、先輩。あーん」

「いや、自分で食べる。熱いしな」

屋台で買ったタコ焼きを食べさせられそうになったり。

「うわ、先輩それどうしてるんですか？　ごめんなさい……正直それは凄《すご》すぎて逆にキモいです」

「……キモいとか言うなよ」

初めてした型抜きで、難易度の高いものを完成させて冬華にガチでひかれたり。

友人と過ごす初めての夏祭りを、俺は満喫していた。

……しかし。

「葉咲《はさき》さん、顔色が悪いですが、大丈夫ですか？」

「う、うん。ごめんね竜宮さん。大丈夫だよ」

夏奈は、二人で楽しむ俺と冬華を見て、気落ちした表情を見せていた。

心なしか、その足取りもふらふらとおぼつかない様子だ。

「先輩、今度はあっちを見てみましょう！」

「お、おう」

屈託なく笑う冬華に手を引かれ、俺は彼女とともに次の出店に向かうのだった。

☆

それから出店を回って、しばらく経《た》った頃。

夏奈が俺たちから遅れがちになっていることに気が付いた。

「……ホントに大丈夫か？」

「う、うん。大丈夫だよ！……ちょっと、お手洗い行ってくるね」

夏奈は努めて明るくそう言った。

「それなら、ここらへんで待っておくから」

池の言葉に、夏奈は頷いた。

俺たちから離れる彼女を見て……俺は気が付いた。

「俺もちょっとトイレに行ってくる」

そう言って、俺は冬華から手を離そうとしたが、彼女は俺の手を放してくれなかった。

俺は振り返り、冬華を見る。彼女は無言のまま、縋《すが》るように俺を見ていた。……俺がこれからしようとしていることを、冬華は察したのだろう。

だけど俺は、どんな言葉で説明をするべきか、分からなかった。だから無言のまま、冬華の視線から逃れないように、真直《まっす》ぐと見つめ返す。

「……はーい」

冬華は、ムスッとしたように頬を膨らませながら、そう答えた。

俺は苦笑を浮かべてから、冬華と繋《つな》いでいた手を離し、夏奈の後を追った。

☆

「夏奈」

俺は後ろから、夏奈に声をかけた。

夏奈は振り返ってから、弱々しく微笑んだ。

「どうしたの、優児《ゆうじ》君？……私と、二人っきりになりたかったの？」

揶揄《からか》うようなその言葉に、俺は一言返す。

「足、見せてくれ」

夏奈は俺の言葉を聞いて、呆然《ぼうぜん》としてから――。


「えええええぇぇぇぇぇぇぇぇっっ！！？！」


と、驚きの声をあげ、顔を真っ赤にした。

「どうした？」

「『どうした？』じゃないよ！　ゆ、優児君こそどうしたの？　え、もしかして私に……」

それから、ごくりと唾を飲み込んでから、俺を上目遣いに窺《うかが》って彼女は言った。

「エ、エッチなこと……、したいのかな？　そういうフェチなのかな⁉」

……何言ってんだ、こいつ？

そう思ってから、俺は自分が何を言ったのか、気が付いた。

「違うぞ。……下駄《げた》、履きなれていないんだろ？」

俺は、勘違いをした彼女に向かって、冷静にそう告げた。

それから、彼女はなんだか複雑そうな表情を浮かべて、

「優児君のバカ。……エッチ」

と、唇を尖《とが》らせて言った。

「いや、エッチではないだろ。……あっちのベンチ、ちょうど空いているな」

俺はそう言って、ベンチに向かって歩こうとしたが、唐突に、夏奈《かな》が寄りかかってきた。

「どうした？」

「……足、痛いから。支えてて欲しいな？」

心細そうに、彼女は囁《ささや》く。

俺は、言われた通りに彼女の身体《からだ》を支えて歩く。

「……好き」

夏奈がそう呟いたのは聞こえたが、俺は聞こえなかったふりをして、彼女をベンチにそのまま座らせた。

「聞こえていたくせに。……酷《ひど》いよ」

「聞こえている。だけど、悪い。夏奈が望む答えは、言えない」

「知ってる。……だから、酷いって言ったんだよ」

切なそうな夏奈の言葉に、俺は苦笑を浮かべることしかできない。

それから、彼女の足に目を向けて、下駄を脱がせた。

「……んっ」

艶《なま》めかしい呻《うめ》き声《ごえ》を、夏奈があげる。

「……変な声、出さないでくれ」

「だ、だって！……くすぐったいんだもん」

照れくさそうに、夏奈は反論した。

「……やっぱり、腫れてるな」

彼女の足先は、俺の予想通り赤く腫れていた。

祭りの最中、浮かない表情を浮かべていたのは、このせいだろう。

「痛かっただろ？」

俺が問いかけると、夏奈は黙って頷《うなず》いた。

俺は黙ってポケットから絆創膏《ばんそうこう》を二枚取り出す。

保護フィルムを剥いでから、鼻緒が接する部分に貼り付けた。

「用意、良いね」

「……そうだな」

冬華《とうか》や夏奈が下駄を履いていた場合、役に立つかと思い持ってきていた。

……実は、よくあるトラブルには対処できるように、かなりネットで調べていた。

「それって、……冬華ちゃんのため、だよね？」

「……そうだ。冬華は履きなれているサンダルを履いていたから、出番はなかったけどな」

別に冬華のためだけというわけではないが……俺はそう答えた。

「……冬華ちゃんはきっと、こういう風に優児君に迷惑を掛けたくなかったんだろうな。……そういうところもさ、すっごく可愛《かわい》いよね」

夏奈の言葉に、俺は反応をすることができない。

「私は、優児君に可愛いって思ってもらいたかったから、無理して下駄を履いてきちゃったけど。……こういう風に迷惑を掛けちゃうんだったら、ダメだよね」

寂しそうなその言葉に、俺は胸が苦しくなる。

こんな俺なんかのことを好きになってくれた、優しい夏奈が落ち込んでいるのを見るのは……嫌だと思った。

「俺が言ったら、ダメなんだろうが。……夏奈みたいな魅力的な女子に好きになってもらえて、俺は嬉《うれ》しい。それに、俺たちは友達だろ？　迷惑だなんて、思っていない」

俺は、ベンチに腰掛ける夏奈と目を合わせながら、そう言った。

「優児君……」

彼女は切なげな声を出してから――。

俺の頭を掴《つか》み、髪の毛を乱暴にくしゃくしゃとして。

優しく、俺の頭を撫《な》でた。

「今の堂々としたキープ宣言。……一周回って、カッコ良かったかも」

クスリと笑ってから、俺の耳元で囁く夏奈。

そういうつもりではない、と言っても。信じてもらえはしないだろう。

だから俺は、口を噤《つぐ》んだ。

「冬華ちゃんにはまだ勝てないけど。いつか絶対、振り向かせるから」

俺の頬に両手を添えてから、彼女は真直ぐにこちらを見てくる。

「……覚悟しててね、優児君？」

かつて俺に宣言した時よりもなお力強く言った夏奈に。

俺はしばし、見惚《みと》れるのだった――。

二人の気持ち

「俺もちょっとトイレに行ってくる」

優児先輩は葉咲《はさき》先輩の背中を視線で追いかけながらそう言って、私と繋いだ手を離そうとした。

行って欲しくはなかった。だから、思わず私は離れかけた手を放さないように、ギュッと手に力を込めてしまった。

優児先輩は、そんな私を見た。戸惑いも動揺もなく、ただ静かな眼差《まなざ》しで。

私はきっと、情けない顔をしていたと思う。

私は結局、『ニセモノ』の恋人でしかない。優児先輩がこの後、葉咲先輩のところに行こうとしているのは分かっていても、止める資格なんてなかった。

「……はーい」

だから私は、不満も不安も押し殺し、その背中を見送った。

「相変わらずだな、冬華は。心配だったら、『行かないで欲しい』って、素直に言えばいいだろう?」

私の肩に手を置いて、呆《あき》れたように言ったのは、兄貴だった。

「うっさい。……てゆーか、あの人の調子が悪いの、気づいてたくせに、何にも言わないとか……性格わるっ」

「俺が気づいても、夏奈にとっては余計なお世話だからな。……優児が気づいたら、こうなるってのは分かっていただろ？　冬華が声をかけたらよかったじゃないか」

兄貴の言うことは、もっともだ。

私は途中で気が付いていた。だから、少し声をかければ、それでよかった。

でも、嘘《うそ》を吐《つ》き続けて先輩の隣にいる私が、真直ぐに好意を示し続ける葉咲先輩に、そんな余計なお世話は、出来なかった。

「こんなに可愛い恋人をほったらかしにして、他の女の子のところに行くなんて、友木《ともき》さんも酷い人ですね」

はぁ、と溜《た》め息《いき》を吐きながら、乙女《おとめ》ちゃんが私に向かってそう言った。

私は首を横に振って、

「酷いのは、私……」

微《かす》かに、そう呟《つぶや》いた。

乙女ちゃんは不思議そうに首を傾《かし》げていたけれど、それ以上私に何かを言うことはなかった。

……そう、酷いのは先輩じゃなくて私だ。

彼は、不器用で、とても優しい。

彼の優しさは、私だけに向けてもらいたい。

彼には、私のことだけを見てもらいたい。

でも、そんなことはありえない。

優児《ゆうじ》先輩は、誤解を受けてばかりだけど、誰にだって優しい人だ。

……そんな先輩だから、きっと私は好きになった。

彼の一番になりたいと、そう思った。

だけど、自分勝手な嘘で彼を縛り続けている私は、楽しく彼と夏祭りを過ごせたのは間違いないけれど。

それと同じくらい、葉咲先輩の沈んだ表情を見るのがとても心苦しかった。

彼の隣を譲るつもりはない。

彼の一番でいることを諦めるつもりなんてない。

……それでも、こんなズルをしなくちゃ隣にいられない女の子よりも、葉咲先輩のように、真直《まっす》ぐに好意を伝えてくれる女の子の方が。

——先輩だって、嬉しいに決まっている。

☆

「悪い、待たせたな」

それから数分が経《た》って、優児先輩と葉咲先輩が戻ってきていた。

……二人、手を繋《つな》いで。

「うわ……友木さん、最低ですね。冬華さんという恋人がいるにもかかわらず、他の女子と手を繋いでいるなんて。心底見損ないました」

乙女ちゃんが軽蔑したように、先輩に向かってそう言った。

私だって、好きな人が他の女子と手を繋いだのを見ると、ムッとなるし、悲しくなるけど。

その手は、彼の優しさだって気づいている。

「こ、これは足が痛くって！　それで、優児君に手を引いてもらっていただけだからっ」

「……そんなの、分かってますよ」

強くは言えないし、だからと言って笑って受け入れることは出来ない。

「……あまり、誤解されるようなことばかりしていると。冬華さんに愛想をつかされてしまいますよ？」

乙女ちゃんの言葉に、先輩は苦笑を浮かべてから「気を付ける」と一言応じた。

それを見てから、兄貴が口を開いた。

「花火が上がるまで、もう少し時間はあるが。場所取りをしておこうか」

私たちは頷く。

葉咲先輩はちらりと私を窺《うかが》ってから、

「ありがと、優児君。もう大丈夫だよ」

「あんまり無理はするなよ」

「うん。でも、おかげ様で、本当に大丈夫だから」

「……そうか」

葉咲先輩の言葉に、優児先輩は穏やかな笑みを浮かべて応えた。

それから私たちは移動をして、花火を見る人たちのために開放された、出店のない広場についた。

まだ時間に余裕があったからか、意外とあっさり五人で座るスペースを確保できた。

あらかじめ用意していたレジャーシートを敷き、その上に私たちは座る。

「場所を確保できてよかったな」

「そうですね。あとは、花火が打ちあがるまで、ゆっくりと待っておくとしましょうか」

兄貴と乙女ちゃんがそう言った。

それから、私たちは花火が打ちあがるまで適当に話をした。

徐々に周囲にも人が増え始めたが、しかし、不思議なことに私たちの周りに、不自然な空間が出来ていた。通りがかる人たちは、優児先輩を見て、露骨に避けているようだった。

「……俺がいると、他の人たちも落ち着けないのかもな」

優児先輩は自嘲気味に言ってから、立ち上がった。

「優児先輩？　どうしたんですか？」

私も慌てて立ち上がって、彼の背中に問いかける。

「俺がいない方が、他の人たちも座りやすいだろ？　帰りは合流しよう、また連絡する」

優児先輩は、自分だけが損をして丸く収まるのであれば、それで良しと思っている節がある。

私はそのことが……すごく、悔しかった。

大きくて、広くて。だけど、どこか寂しそうな彼の背中に、私は声をかける。

「素直じゃないですね。……二人っきりになりたいならば、そう言ってくれたら良いじゃないですか？」

「え？　いや、そういうわけじゃ……」

「もう、照れないでくださいっ！　そういうわけで、私たちは場所を変えて、二人っきりで花火を見ておくので、また後で合流しましょうね？」

動揺する先輩の手を握りつつ私が言うと、兄貴はいつもの笑顔を、乙女ちゃんは、残念そうな表情を浮かべた。

そして葉咲先輩は、一度立ち上がって、切なそうな表情を浮かべ、声を震わせてから言った。

「……うん。また、後でね。でも、二人きりだからって、変なことしちゃだめだからねっ！」

本当は、自分だって優児先輩と一緒に花火を見たかったに違いない。

だけど、今回は、先輩に足の腫れを見抜かれて迷惑を掛けたという負い目があるからだろう。

葉咲先輩は我慢をして、私たちに向かってそう告げたのだ。

「いや、しないから」

平然とした様子で優児先輩が言う。

そんなに、私に魅力がないんですかっ!?　と、ムッとして怒ってしまいそうになるが、我慢。

……魅力がないと言えば、私のこの浴衣姿。

折角先輩に選んでもらったというのに、まだ褒めてもらえてないな。

私は落ち込みながらそう思い、彼と並んで場所を移動する。

☆

優児先輩と場所を移動して、すぐのこと。

見晴らしの良いスポットにも拘《かか》わらず、そこまで混んでいない。

そんなベストスポットが見つかった。

ただ、一つ問題があって、それは……。

「なぁ、冬華《とうか》。ここ、人目も憚《はばか》らずイチャイチャしているカップルしかいないから、場所を移動しないか」

優児先輩の言葉の通り、周囲はイチャイチャしているカップルばかり。

知らなかったけれどきっとここは、そういうスポットなのだろう。

「……良いじゃないですか、私たちも恋人なんですから。軽くイチャイチャしていたら、不審がられませんよ」

「いや、それにしたって、なぁ」

ハグしたりキスしたり、大胆な行動を当たり前にしている周囲の恋人たち。

「……でも、ここなら。他の人たちはみんな自分たちの世界に入っているので、さっきみたいに先輩が避けられちゃうようなことも、ないんじゃないですかね?」

「……そうかもな」

先輩は苦笑を浮かべてから、頷《うなず》いた。

それから、私は先輩の横顔を窺う。

周囲の様子に戸惑って、落ち着かない風な彼が、なんだかとても私には可愛《かわい》く見えた。

そんな彼を見て、私は思い切って、問いかける。

「先輩は、……葉咲《はさき》先輩のことが、好きですか？」

私が問いかけると、先輩はこちらを向いてから、穏やかに笑った。


「ああ、好きだ」


そう断言した先輩を見て、私はなんて馬鹿な質問をしたんだろうと、後悔した。

胸が苦しくなって、切なくなって。

私は何も言うことができない。

「俺なんかを好きって言ってくれるんだ。嬉《うれ》しいし、好きになるのも当然だろ」

なんかって何ですか。皆がちゃんと先輩のことを見れば、好きって言う人はもっと大勢になるに決まっているんですけど。

そもそも。私だって、先輩には精一杯好意をアピールしているのに。

「だけど、俺のこの気持ちはきっと、恋愛感情じゃない。だから今は、夏奈《かな》と恋人同士になることは、考えられない」

先輩の葉咲先輩に向けている好意が友情なのだとしても、きっと、きっかけ一つで恋愛感情に変わる。

今はあくまで友人としてしか見ていないのかもしれないけど、あんなに可愛くて、明るくて、努力家で、スタイルも良くて、胸も大きくて。

そんな女の子に迫られたら、きっかけなんかなくっても、普通の男の子なら恋に落ちると思うけど。

「……それに、なんというか。俺は、怖いんだ。……上手《うま》く言葉にできないけれど」

だけど、きっと。

彼女から向けられる好意と、彼女に向けている好意を怖いと感じる、先輩は。

そんなことにはならないんだと思う。

彼が怖いと感じたその感情の正体に、私は薄々感づいている。

「それは……」

と、言いかけ、やめる。

今の私が言うべきことではないと、そう思ったから。

代わりに、

「葉咲先輩が、ストーカーだからじゃないですかー?」

と、揶揄《からか》うように、そう言った。

「酷《ひど》いこと言ってやるなよ……」

呆《あき》れたように、先輩が笑う。

私も、彼の調子に合わせるように、笑顔を作った。

ドンッ

そして、いつの間にか打ちあがった花火の音が耳朶《じだ》を打つ。

私たちは互いに夜空を見上げた。

「お、始まったな」

「そうですね。いつの間にか、そんな時間になっちゃいましたか」

互いにそう呟《つぶや》いてから、私たちはともに夜空を見上げた。

しばらくの間、会話はない。

ふと周囲を見ると、花火を見上げながら寄り添い合って、何事かを囁《ささや》き合っている恋人たちが視界に入った。

私はこっそり、隣に並ぶ優児《ゆうじ》先輩を見上げて、思った。

私にも、ああいう風に言葉をかけて欲しいし、寄り添い合って互いの体温を感じていたい、と。

……本当は、恋人じゃないのに。

自分の気持ちを素直に伝えてすらいないのに。

だから、それが私のただのわがままであることは、十分に理解していたから。

今はこうして、一緒にいられる幸せに、感謝しようと思った。

「綺麗《きれい》、ですね」

私は花火を見上げながら、優児先輩に向かってそう言った。

「ああ、そうだな。……そうだ、綺麗で思い出した」

「思い出したって、何をですか？」

「まだ言ってなかったけど、浴衣似合ってるな、冬華。……想像していたよりも、ずっと」

「……え？」

優児先輩が何を言ったか。

聞き取れなかったわけじゃなく、ただ思いもよらなかった一言だったため。

私は呆《ほう》けた声を漏らしていた。

「いや、何でもない。気にするな」

どこか照れくさそうに、優児先輩はそう言った。

だけど……気にしないなんて、私にはできなかった。
夏の暑さなんて関係なく、身体《からだ》が熱くなっていた。
顔は火照って、心臓の鼓動は心配になるくらい速く打っていて。
打ちあがる花火の轟音《ごうおん》も。
夜空を彩る光の輝きも。
愛を囁き合う恋人たちも。
今の私の目には見えなくなって。
今の私の耳には聞こえなくなっていて。
まるでこの世界にいるのが、私と優児先輩の二人だけだと錯覚して――。
先輩の隣にいられる幸せだけじゃ、到底満足できなくなった。
この関係は偽りで。
口にする言葉は嘘《うそ》だらけで。
だけど、この気持ちだけは、どうしようもなく本物で。
抑えることが、出来なくなって。

「――好きですよ、優児先輩」

私は、溢《あふ》れ出て止まらないこの気持ちを、ついに言葉にした。

優児先輩はどこか戸惑いを浮かべて、私を見た。

そして――。

「悪い、冬華《とうか》。花火の音で、聞こえなかった」

視界の片隅で、夜空に光輝く花が咲く。

間断なく耳に届くこの轟音が、私の言葉をかき消してしまったのだろう。

……分かっている。

優児先輩にとって、私はまだまだ彼を形作る世界の一部でしかなくって。

私にとっての優児先輩のような、世界の全部に等しい存在じゃないなんてことは。

さっきのは、あくまでも私の錯覚。それを残念に思う気持ちはあるけれど、優児先輩にまでそれを求めちゃいけないって分かっている。

それでも、私はもう一度。

この気持ちを彼にきちんと伝えようとして……。

「手を、繋《つな》いでも良いですか？」

「……そうだな。そっちの方が、恋人っぽいよな」

結局、寸前になってこの関係が壊れてしまうことを恐れて。

私は優しい先輩との心地よい時間を守ることを、選んでしまった。

自分のこの気持ちが、繋いだ手から彼に伝わらないだろうかと思って。

彼の大きくて硬い手を、ギュッと強く握りしめた。

この気持ちが伝わったかは分からない。

だけど、彼が力強く握り返してくれたのが、照れくさくて、とても嬉《うれ》しくて。

——そして、そんな風に思ってしまう弱くて卑怯《ひきょう》な自分が、どうしようもなく嫌になる。

あの踏切で想《おも》いを口にしたあの日から、優児先輩との距離を縮めることができたとしても、最後の一歩を踏み出す勇気が——私には、ない。

私は、彼を惚《ほ》れさせることもできず、傷つくことを恐れてばかりで、自分の気持ちを伝えることもできないまま。

一体いつまでこのささやかな幸せを甘受し続けるつもりなのかと、心中で自嘲した——。

☆☆☆

「手を、繋いでも良いですか？」

優しい声音で、彼女は言った。

「……そうだな。そっちの方が恋人っぽいよな」

俺はそう答えてから、彼女の手を握った。周囲の暑さに反比例するような、冷たい掌《てのひら》がゆっくりと握り返してくる。

――花火の音にかき消された冬華の言葉がなんだったのか。

手を繋ぎたい、と言いたかったわけではないのだろう。

不安げに、切なそうに、儚《はかな》い笑みを浮かべる彼女を見れば、そんなことは理解できる。

だけど、きっと、その言葉を追及してしまえば。

俺にだけ都合の良い、このどこまでも優しい関係が消えて無くなってしまうような予感がして、それを恐れた。

だから、それ以上追及をすることができなかった。

……そう言えば、前にもこんなことがあった。

冬華と出会って、まだ一月程度の頃のこと。電車が通り過ぎてかき消されてしまった、冬華の言葉。

もしかしたら、あの時の言葉と今言おうとした言葉は、同じような言葉だったのかもしれないと、根拠もなくそう思った。

……あれから、一学期が終わり、夏休みも終わろうとしている。

その間、俺を取り巻く環境は劇的に変わった。

池《いけ》以外の友人が出来た、慕ってくれる後輩が出来た。

頼れる先生の意外な一面を知り、俺に好意を告げてくれる人まで現れた。

これからも、沢山のことが変わっていくのかもしれない。

だけど……冬華との、この優しい関係が変わらずに続いてほしいと、我ながら情けないことに、そう思っている。

「そう言えば……冬華の誕生日って、いつなんだ？」

花火を見上げながら、俺は冬華に問いかけた。

俺の言葉を聞いて、冬華は表情を明るくして、すぐに首を傾《かし》げてから言った。

「突然誕生日を聞いてくるなんて。……もしかしてこの間、葉咲《はさき》先輩の誕生日をお祝いしました？」

冬華の勘が冴《さ》えていた。

「……した」

俺が頷《うなず》くと、冬華は「はぁ」と溜《た》め息《いき》を吐《つ》いた。

「そうですか、恋人を差し置いて、他の子の誕生日を祝っちゃったんですか、先輩は」

刺々《とげとげ》しい言葉に、

「友人の誕生日を祝うくらい、良いだろ？」

俺は答える。

冬華はその言葉には反応せずに、

「12月25日です。忘れちゃだめですよ？」

と、俺に誕生日を教えてくれた。

「クリスマスの日か。絶対に忘れられないな」

「だからと言って、クリスマスと一緒にしちゃだめですよ？　ちゃんとクリスマス用と誕生日用のプレゼントを用意してください」

「一緒にされた経験がありそうだな」

俺が言うと、冬華はうんうんと、大きく2回頷いた。

「めちゃくちゃ損をした気分になるんですよね、あれは……。というわけで、お友達の誕生日を祝うのは大目に見るので。恋人の誕生日も、ちゃんと祝ってくださいね？」

冬華はそう言って、俺を上目遣いに見上げてきた。

「ああ、約束する」

夏が過ぎ、季節が変わりクリスマスになっても、彼女の隣にいられるようにと願いながら――俺は、そう答えた。

「……約束ですからね？」

冬華はそう言って、力を込めて俺の手を握ってきた。

それから、一際大きな花火の打ち上げの音が耳に届いた。

俺と冬華は、互いに夜空を見上げる。

打ち上げられた花火はすぐに夜空の暗闇に溶け、消えていく。

この『ニセモノ』の恋人関係が、共に見上げるこの花火のように、夜空で華開く一瞬だけが美しく、後に残るのが寂寥《せきりょう》感だけではないと信じたくて――。

俺は、彼女と繋ぐ手に縋《すが》るように、力を込めて強く握り返すのだった。

あとがき

『友人キャラの俺がモテまくるわけないだろ？4』を手に取っていただきありがとうございます、著者の世界一です。

応援してくれている読者の皆さんのおかげで無事に4巻を出版することが出来ました！

この巻では、友人キャラの夏休みという事で、優児《ゆうじ》くんたちが海や夏祭りに花火と、夏のイベントを楽しんでいました。

多分優児くん以上に、春馬《はるま》くんは楽しんでいたと思います。

最後はしんみりした感じでしたが、次巻以降優児くんと冬華《とうか》ちゃんはもちろん、夏奈《かな》ちゃんや真桐《まきり》先生、春馬くんたちとの関係がどう変化していくのか、楽しみにしてもらえると嬉《うれ》しいです。

そして、コミカライズについて！

2021年開始ということで、この4巻が発売されている頃には、連載開始時期や担当の漫画家さん等など、情報が出ているのではないでしょうか！

私も既にネームを拝見させていただいているのですが、この作品は主人公の優児くんのモノローグが多く、コミカライズする際はどこを採用してどの部分を削り、もしくは改変するか大変そう……、とまるで他人事のように心配していたのですが、それは杞憂でした。拾ってほしい部分は確実に拾ってもらい、長くなりそうなセリフは簡潔に改変し、原作よりもテンポよく、そしてヒロインたちの可愛さも十二分に発揮してもらい……とにかく最高でした！

そして、個人的に嬉しい点ですが、コミカライズ版の優児くんはめっちゃ怖いです。めっちゃ怖いけど、……やっぱりカッコいいんです。

というわけで、コミカライズ版、とてもお勧めですので、ぜひ読んでもらえると嬉しいです！

そしてコミックといえば、次週最終回のチェン○ーマン！　一体どんな最後になるのか、そして重大発表とは何か……見逃せませんね！

この第4巻が発売されている時には既に最終回を迎えているので、『今さら何言ってんのこいつ……？』と思わず、温かい眼差しで見守ってください。

また、嬉しいことに定期的にファンレターをいただいております！

いただいたファンレターは必ず読んでいます！　そして、いつも元気をいただいています、これからも応援をしてもらえるように、頑張ります！

……ちなみに、五円玉貯金が何枚貯まっているか知りたいという人が今のところいなかったのが寂しかったですが、本当に数えることになるとかなり面倒なことを考えると、結果オーライ！

――と、いうわけで！

引き続きこのコーナーでは読者の皆さんからのお便りを募集しています。

みんなの軽めの人生・恋愛相談のお便り、「友人キャラの俺がモテまくるわけないだろ？」やジャンプ＋の好きな作品のご感想、仮想通貨が過去最高額というニュースを見るたびに、取引をするつもりもないのに「あの時買っていれば○○万も儲けていたのに……」となんだか損した気分になるメカニズムの解説について等々、みんなのお便り待ってます。

あて先は、こちら☜。

〒141-0031　東京都品川区西五反田7-9-5　SGテラス5階
オーバーラップ文庫編集部「世界一」先生係もしくは「長男じゃないから膝・腰の痛みに耐えられない世界一」先生係

※ちなみに私は毎日ジャンプ+の作品更新を楽しみにしていますが、火曜日が個人的に好みの作品が多いです。

――言いたいことも言えたので、唐突に謝辞です。


担当さん、いつもアドバイスをありがとうございます。

今回、海で海パン姿の春馬くんが白刃取りをするシーンのイラスト希望をしていましたが、「ヒロインのイラストを差し置いて男キャラの半裸を描くのは如何《いかが》なものでしょう」という至極真っ当な意見があったおかげで致命傷（？）を受けずに済みました！

ご面倒をおかけしてばかりですが、今後ともよろしくお願いいたします。


毎回素敵なイラストを描いてくださる長部《おさべ》トム先生！

どのイラストも素晴らしいのですが、今回は特に、表紙の冬華ちゃんと夏奈ちゃんがすごく華やかな浴衣姿でかわいいです……！

本文はイラストに合わせて適宜変えることがあるのですが、中々イラストに見合う描写が出来ずに申し訳ない気持ちと悔しい気持ちでいっぱいです……！

また、長部先生に半裸の男キャラを描いてもらいたいという欲望がこんにちはしそうになってすみません！　担当さんにも相談していないのですが、白刃取りする春馬くんか、優児くんの背後から抱き着く善人くんのイラスト、どちらかを描いてもらいたいと真剣に迷っていました。

そんなこんなで、いつも素敵なイラストを描いて下さりありがとうございます！　今後ともどうぞよろしくお願いします……！

そして、営業の皆さん、書店の皆さん、デザイナーの方や校正の方々につきましても、ありがとうございます。

皆さんのおかげで、いつも素敵な小説を世に送り出すことが出来ていると思います！　本当にいつもありがとうございます！

そして最後になりましたが、この本を手に取っていただいた読者の皆さん！　お陰様で、物語の折り返しになる第４巻も発売できました！　本当にありがとうございます！

最後までお付き合いいただけるように、これからも頑張ります！

それでは、新しく始まるコミカライズ版含めて、今後とも「友人キャラの俺がモテまくるわけないだろ？」をよろしくお願いいたします。

OVERLAP

友人キャラの俺がモテまくるわけないだろ? 4

発　行　2021年1月25日　初版第一刷発行

著　者　世界一
発行者　永田勝治
発行所　株式会社オーバーラップ
〒141-0031　東京都品川区西五反田7-9-5
校正・DTP　株式会社鷗来堂
印刷・製本　大日本印刷株式会社

Printed in Japan ISBN 978-4-86554-803-7 C0193

オーバーラップ文庫
そこには幻想は無く、伝説も無い。
灰《はい》と幻想《げんそう》のグリムガル
［十文字青が描く「等身大」の
冒険譚がいま始まる！］
ハルヒロは気がつくと暗闇の中にいた。周囲には名前くらいしか覚えていない男女。そして地上で待ち受けていたのは「まるでゲームのような」世界。生きるため、ハルヒロは同じ境遇の仲間たちとパーティを組み、この世界「グリムガル」への一歩を踏み出していく。その先に、何が待つのかも知らないまま……。
著 十文字 青 イラスト 白井鋭利

オーバーラップ文庫
――そして、少年は"最強"を超える。
ありふれた職業で世界最強
ARIFURETA SHOKUGYOU DE SEKAISAIKYOU
WEB上で絶大な人気を誇る
"最強"異世界ファンタジーが書籍化!
クラスメイトと共に異世界へ召喚された"いじめられっ子"の南雲ハジメは、戦闘向きのチート能力を発現する級友とは裏腹に、「錬成師」という地味な能力を手に入れる。異世界でも最弱の彼は、脱出方法が見つからない迷宮の奈落で吸血鬼のユエと出会い、最強へ至る道を見つけ――!?
著 白米 良 イラスト たかやKi
シリーズ好評発売中!!

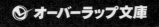

第8回 オーバーラップ文庫大賞
原稿募集中！
イラスト：ミユキルリア
思いをコトバに。夢をカタチに。
【賞金】
大賞…300万円
（3巻刊行確約＋コミカライズ確約）
金賞……100万円
（3巻刊行確約）
銀賞………30万円
（2巻刊行確約）
佳作………10万円
【締め切り】
第1ターン 2020年8月末日
第2ターン 2021年2月末日
各ターンの締め切り後4ヶ月以内に佳作を発表。通期で佳作に選出された作品の中から、「大賞」、「金賞」、「銀賞」を選出します。
投稿はオンラインで！ 結果も評価シートもサイトをチェック！
https://over-lap.co.jp/bunko/award/
〈オーバーラップ文庫大賞オンライン〉
※最新情報および応募詳細については上記サイトをご覧ください。
※紙での応募受付は行っておりません。